Conserver la Couverture

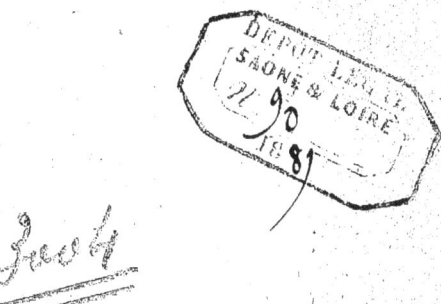

Jacob

FABLES

DE

LA FONTAINE

MACON, IMPRIMERIE PROTAT FRÈRES

CHOIX DE FABLES

DE

LA FONTAINE

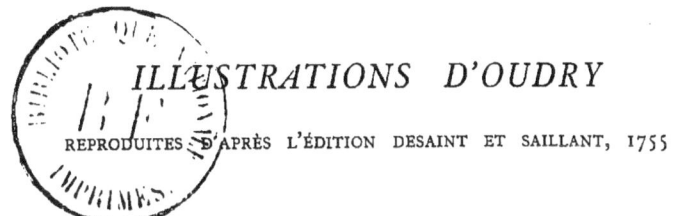

ILLUSTRATIONS D'OUDRY

REPRODUITES D'APRÈS L'ÉDITION DESAINT ET SAILLANT, 1755

PARIS

LIBRAIRIE CENTRALE DES BEAUX-ARTS

13, rue Lafayette, 13

LA CIGALE ET LA FOURMI Fable 1.

J. B. Oudry inv.   JJ Sornique sculp.

FABLES

LA FONTAINE

_____

I

LA CIGALE ET LA FOURMI

La Cigale, ayant chanté
  Tout l'été,
Se trouva fort dépourvue
Quand la bise fut venue;
Pas un seul petit morceau
De mouche ou de vermisseau.
Elle alla crier famine
Chez la Fourmi sa voisine,

La priant de lui prêter
Quelque grain pour subsister
Jusqu'à la saison nouvelle.
« Je vous paîrai, lui dit-elle,
Avant l'oût, foi d'animal,
Intérêt et principal. »
La Fourmi n'est pas prêteuse,
C'est là son moindre défaut.
« Que faisiez-vous au temps chaud ?
Dit-elle à cette emprunteuse.
— Nuit et jour, à tout venant,
Je chantais, ne vous déplaise.
— Vous chantiez ? j'en suis fort aise.
Eh bien ! dansez maintenant. »

LE CORBEAU ET LE RENARD. Fable II.

II

LE CORBEAU ET LE RENARD

Maître Corbeau, sur un arbre perché,
  Tenait en son bec un fromage.
Maître Renard, par l'odeur alléché,
  Lui tint à peu près ce langage :
  « Hé ! bonjour, monsieur du Corbeau,
Que vous êtes joli ! que vous me semblez beau !
  Sans mentir, si votre ramage
  Se rapporte à votre plumage
Vous êtes le phénix des hôtes de ces bois. »
A ces mots, le Corbeau ne se sent pas de joie ;
  Et, pour montrer sa belle voix,
Il ouvre un large bec, laisse tomber sa proie.

Le Renard s'en saisit, et dit : « Mon bon monsieur,
Apprenez que tout flatteur
Vit aux dépens de celui qui l'écoute;
Cette leçon vaut bien un fromage, sans doute. »
Le Corbeau, honteux et confus,
Jura, mais un peu tard, qu'on ne l'y prendrait plus.

LE RAT DE VILLE ET LE RAT DES CHAMPS. Fable III.

III

LE RAT DE VILLE

ET LE RAT DES CHAMPS

Autrefois le Rat de ville
Invita le Rat des champs,
D'une façon fort civile,
A des reliefs d'ortolans.

Sur un tapis de Turquie
Le couvert se trouva mis.
Je laisse à penser la vie
Que firent ces deux amis.

Le régal fut fort honnête,
Rien ne manquait au festin :
Mais quelqu'un troubla la fête
Pendant qu'ils étaient en train.

A la porte de la salle
Ils entendirent du bruit :
Le Rat de ville détale ;
Son camarade le suit.

Le bruit cesse, on se retire ;
Rats en campagne aussitôt,
Et le citadin de dire :
« Achevons tout notre rôt.

— C'est assez, dit le rustique ;
Demain vous viendrez chez moi.
Ce n'est pas que je me pique
De tous vos festins de roi ;

Mais rien ne vient m'interrompre
Je mange tout à loisir.
Adieu donc. Fi du plaisir
Que la crainte peut corrompre ! »

LE COQ ET LA PERLE. Fable IV.

IV

LE COQ ET LA PERLE

Un jour un Coq détourna
Une perle qu'il donna
Au beau premier lapidaire.
« Je la crois fine, dit-il;
Mais le moindre grain de mil
Serait bien mieux mon affaire. »

Un ignorant hérita
D'un manuscrit qu'il porta
Chez son voisin le libraire.
« Je crois, dit-il, qu'il est bon;
Mais le moindre ducaton
Serait bien mieux mon affaire. »

LA GRENOUILLE QUI SE VEUT FAIRE AUSSI GROSSE QUE LE BŒUF. Fable IV.

V

LA GRENOUILLE

QUI SE VEUT FAIRE AUSSI GROSSE QUE LE BŒUF

Une Grenouille vit un Bœuf
Qui lui sembla de belle taille.
Elle, qui n'était pas grosse en tout comme un œuf,
Envieuse, s'étend, et s'enfle, et se travaille,
Pour égaler l'animal en grosseur,
Disant : « Regardez bien, ma sœur :
Est-ce assez ? dites-moi ; n'y suis-je pas encore ?
— Nenni. — M'y voici donc ? — Point du tout. — M'y voilà ?
— Vous n'en approchez point. » La chétive pécore
S'enfla si bien qu'elle creva.

Le monde est plein de gens qui ne sont pas plus sages :
Tout bourgeois veut bâtir comme les grands seigneurs,
Tout petit prince a des ambassadeurs,
Tout marquis veut avoir des pages.

LE RENARD ET LA CIGOGNE. Fabls. VI.

VI

LE RENARD ET LA CIGOGNE

Compère le Renard se mit un jour en frais,
Et retint à dîner commère la Cigogne.
Le régal fut petit et sans beaucoup d'apprêts :.
     Le galant, pour toute besogne,
Avait un brouet clair; il vivait chichement.
Ce brouet fut par lui servi sur une assiette :
La Cigogne au long bec n'en put attraper miette,
Et le drôle eut lapé le tout en un moment.
    Pour se venger de cette tromperie,
A quelque temps de là la Cigogne le prie.
« Volontiers, lui dit-il; car avec mes amis
    Je ne fais point cérémonie. »
A l'heure dite, il courut au logis

De la Cigogne son hôtesse;

Loua très fort sa politesse;

Trouva le dîner cuit à point :

Bon appétit surtout; renards n'en manquent point.

Il se réjouissait à l'odeur de la viande

Mise en menus morceaux, et qu'il croyait friande.

On servit, pour l'embarrasser,

En un vase à long col et d'étroite embouchure :

Le bec de la Cigogne y pouvait bien passer,

Mais le museau du sire était d'autre mesure.

Il lui fallut à jeun retourner au logis,

Honteux comme un renard qu'une poule aurait pris,

Serrant la queue et portant bas l'oreille.

Trompeurs, c'est pour vous que j'écris :

Attendez-vous à la pareille.

LES DEUX MULETS. Fable VII.

VII

LES DEUX MULETS

Deux Mulets cheminaient, l'un d'avoine chargé,
    L'autre portant l'argent de la gabelle.
Celui-ci, glorieux d'une charge si belle,
N'eût voulu pour beaucoup en être soulagé.
        Il marchait d'un pas relevé,
        Et faisait sonner sa sonnette;
        Quant l'ennemi se présentant,
        Comme il en voulait à l'argent,
Sur le Mulet du fisc une troupe se jette,
        Le saisit au frein et l'arrête.
        Le Mulet, en se défendant,

Se sent percer de coups; il gémit, il soupire.
« Est-ce donc là, dit-il, ce qu'on m'avait promis?
Ce Mulet qui me suit du danger se retire,
     Et moi, j'y tombe, et je péris!
     — Ami, lui dit son camarade,
Il n'est pas toujours bon d'avoir un haut emploi;
Si tu n'avais servi qu'un meunier, comme moi,
     Tu ne serais pas si malade. »

LE CHIEN QUI LACHE SA PROYE POUR L'OMBRE. Fable XVIII.

VIII

LE CHIEN

QUI LACHE SA PROIE POUR L'OMBRE

Chacun se trompe ici-bas;
On voit courir après l'ombre
Tant de fous, qu'on n'en sait pas,
La plupart du temps, le nombre.
Au Chien dont parle Esope il faut les renvoyer.

Ce chien, voyant sa proie en l'eau représentée,
La quitta pour l'image, et pensa se noyer;
La rivière devint tout d'un coup agitée;
    A toute peine il regagna les bords,
        Et n'eut ni l'ombre ni le corps.

LA POULE AUX ŒUFS D'OR. Liv. IX.

IX

LA POULE AUX ŒUFS D'OR

L'avarice perd tout en voulant tout gagner.
Je ne veux, pour le témoigner.
Que celui dont la Poule, à ce que dit la fable,
Pondait tous les jours un œuf d'or.
Il crut que dans son corps elle avait un trésor :
Il la tua, l'ouvrit, et la trouva semblable
A celles dont les œufs ne lui rapportaient rien,
S'étant lui-même ôté le plus beau de son bien.

Belle leçon pour les gens chiches!
Pendant ces derniers temps, combien en a-t-on vus
Qui du soir au matin sont pauvres devenus,
Pour vouloir trop tôt être riches!

.

LE RENARD ET LES RAISINS.

X

LE RENARD ET LES RAISINS

Certain Renard gascon, d'autres disent normand,
Mourant presque de faim, vit au haut d'une treille
  Des raisins mûrs apparemment,
  Et couverts d'une peau vermeille.
Le galant en eût fait volontiers un repas,
  Mais comme il n'y pouvait atteindre :
« Ils sont trop verts, dit-il, et bons pour des goujats. »
  Fit-il pas mieux que de se plaindre?

XI

LE LOUP ET LA CIGOGNE

Les loups mangent gloutonnement.
Un Loup donc étant de frairie
Se pressa, dit-on, tellement
Qu'il en pensa perdre la vie :
Un os lui demeura bien avant au gosier.
De bonheur pour ce loup, qui ne pouvait crier,
Près de là passe une Cigogne.
Il lui fait signe ; elle accourt.
Voilà l'opératrice aussitôt en besogne.
Elle retira l'os ; puis, pour un si bon tour,
Elle demanda son salaire.

« Votre salaire? dit le Loup;

Vous riez, ma bonne commère!

Quoi! ce n'est pas encor beaucoup

D'avoir de mon gosier retiré votre cou!

Allez, vous êtes une ingrate;

Ne tombez jamais sous ma patte. »

LE LION ET LE RAT. Fable XII.

XII

LE LION ET LE RAT

Il faut, autant qu'on peut, obliger tout le monde;
On a souvent besoin d'un plus petit que soi.
De cette vérité deux fables feront foi,
    Tant la chose en preuves abonde.

    Entre les pattes d'un Lion,
Un Rat sortit de terre assez à l'étourdie.
Le roi des animaux, en cette occasion,
Montra ce qu'il était, et lui donna la vie.
    Ce bienfait ne fut pas perdu.
    Quelqu'un aurait-il jamais cru

Qu'un lion d'un rat eût affaire?
Cependant il avint qu'au sortir des forêts
Ce Lion fut pris dans des rets
Dont ses rugissements ne le purent défaire.
Sire Rat accourut, et fit tant par ses dents
Qu'une maille rongée emporta tout l'ouvrage.

Patience et longueur de temps
Font plus que force ni que rage.

LA COLOMBE ET LA FOURMI. Fable XII.

XIII

LA COLOMBE ET LA FOURMI

L'autre exemple est tiré d'animaux plus petits :
Le long d'un clair ruisseau buvait une Colombe,
Quand sur l'eau se penchant une Fourmis y tombe,
Et dans cet océan l'on eût vu la Fourmis
S'efforcer, mais en vain, de regagner la rive.
La Colombe aussitôt usa de charité :
Un brin d'herbe dans l'eau par elle étant jeté,
Ce fut un promontoire où la Fourmis arrive.
   Elle se sauve. Et là-dessus
Passe un certain croquant qui marchait les pieds nus.
Ce croquant, par hasard, avait une arbalète.
   Dès qu'il voit l'oiseau de Vénus,

Il le croit en son pot, et déjà lui fait fête.

Tandis qu'à le tuer mon villageois s'apprête,

La Fourmi le pique au talon ;

Le vilain retourne la tête ;

La Colombe l'entend, part, et tire de long.

Le souper du croquant avec elle s'envole :

Point de pigeon pour une obole.

LE POT DE CUIVRE ET LE POT DE FER.   Fable XIV.

XIV

LE POT DE TERRE ET LE POT DE FER

Le Pot de fer proposa
Au Pot de terre un voyage.
Celui-ci s'en excusa,
Disant qu'il ferait que sage
De garder le coin du feu ;
Car il lui fallait si peu,
Si peu, que la moindre chose
De son débris serait cause :
Il n'en reviendrait morceau.
« Pour vous, dit-il, dont la peau
Est plus dure que la mienne,
Je ne vois rien qui vous tienne.

— Nous vous mettrons à couvert,
Repartit le pot de fer :
Si quelque matière dure
Vous menace d'aventure,
Entre deux je passerai,
Et du coup vous sauverai. »
Cette offre le persuade.
Pot de fer son camarade
Se met droit à ses côtés.
Mes gens s'en vont à trois pieds,
Clopin clopant, comme ils peuvent,
L'un contre l'autre jetés
Au moindre hoquet qu'ils treuvent.
Le Pot de terre en souffre; il n'eut pas fait cent pas,
Que par son compagnon il fut mis en éclats,
Sans qu'il eût lieu de se plaindre.

Ne nous associons qu'avecque nos égaux,
Ou bien il nous faudra craindre
Le destin d'un de ces pots.

LES VOLEURS ET L'ANE. Page XVI.

XV

LES VOLEURS ET L'ANE

Pour un Ane enlevé deux Voleurs se battaient :
L'un voulait le garder, l'autre le voulait vendre.
      Tandis que coups de poing trottaient,
Et que nos champions songeaient à se défendre,
      Arrive un troisième larron
      Qui saisit maître Aliboron.

L'Ane, c'est quelquefois une pauvre province ;
      Les voleurs sont tel et tel prince,
Comme le Transylvain, le Turc et le Hongrois.
      Au lieu de deux, j'en ai rencontré trois :

Il est assez de cette marchandise.

De nul d'eux n'est souvent la province conquise :

Un quart voleur survient, qui les accorde net

En se saisissant du baudet.

LE LOUP ET L'AGNEAU. Fable XVI.

XVI

LE LOUP ET L'AGNEAU

La raison du plus fort est toujours la meilleure ;
    Nous l'allons montrer tout à l'heure.

    Un Agneau se désaltérait
    Dans le courant d'une onde pure.
Un Loup survient, à jeun, qui cherchait aventure,
    Et que la faim en ces lieux attirait.
« Qui te rend si hardi de troubler mon breuvage ?
    Dit cet animal plein de rage ;
Tu seras châtié de ta témérité.
— Sire, répond l'Agneau, que votre Majesté
    Ne se mette pas en colère ;
    Mais plutôt qu'elle considère

Que je me vas désaltérant
Dans le courant,
Plus de vingt pas au dessous d'elle ;
Et que, par conséquent, en aucune façon,
Je ne puis troubler sa boisson.
— Tu la troubles ! reprit cette bête cruelle,
Et je sais que de moi tu médis l'an passé.
— Comment l'aurais-je fait, si je n'étais pas né ?
Reprit l'agneau ; je tette encor ma mère.
— Si ce n'est toi, c'est donc ton frère.
— Je n'en ai point. — C'est donc quelqu'un des tien
Car vous ne m'épargnez guère,
Vous, vos bergers, et vos chiens.
On me l'a dit : il faut que je me venge. »
Là-dessus, au fond des forêts
Le Loup l'emporte, et puis le mange,
Sans autre forme de procès.

LE SERPENT ET LA LIME. Fab. XVII.

XVII

LE SERPENT ET LA LIME

On conte qu'un Serpent, voisin d'un horloger
(C'était pour l'horloger un mauvais voisinage),
Entra dans sa boutique, et, cherchant à manger,
     N'y rencontra pour tout potage
Qu'une Lime d'acier qu'il se mit à ronger.
Cette Lime lui dit, sans se mettre en colère :
     « Pauvre ignorant! eh, que prétends-tu faire?
     Tu te prends à plus dur que toi.
     Petit Serpent à tête folle,
     Plutôt que d'emporter de moi
     Seulement le quart d'une obole,
     Tu te romprais toutes les dents;
     Je ne crains que celles du Temps. »

Ceci s'adresse à vous, esprit du dernier ordre,

Qui, n'étant bons à rien, cherchez sur tout à mordre.

Vous vous tourmentez vainement.

Croyez-vous que vos dents impriment leurs outrages

Sur tant de beaux ouvrages?

Ils sont pour vous d'airain, d'acier, de diamant.

LE CERF ET LA VIGNE. Fab. XVII.

XVIII

LE CERF ET LA VIGNE

Un Cerf, à la faveur d'une Vigne fort haute,
Et telle qu'on en voit en de certains climats,
S'étant mis à couvert et sauvé du trépas,
Les veneurs, pour ce coup, croyaient leurs chiens en faute.
Ils les rappellent donc. Le Cerf, hors de danger,
Broute sa bienfaitrice, ingratitude extrême!
On l'entend; on retourne, on le fait déloger;
      Il vient mourir en ce lieu même.
« J'ai mérité, dit-il, ce juste châtiment :
Profitez-en, ingrats. » Il tombe en ce moment.

La meute en fait curée; il lui fut inutile
De pleurer aux veneurs à sa mort arrivés.

Vraie image de ceux qui profanent l'asile.
Qui les a conservés.

LE LOUP DEVENU BERGER. Fab. XIX.

XIX

LE LOUP DEVENU BERGER

Un Loup qui commençait d'avoir petite part
    Aux brebis de son voisinage,
Crut qu'il fallait s'aider de la peau du renard,
    Et faire un nouveau personnage.
Il s'habille en berger, endosse un hoqueton,
    Fait sa houlette d'un bâton,
    Sans oublier la cornemuse.
    Pour pousser jusqu'au bout la ruse,
Il aurait volontiers écrit sur son chapeau :
« C'est moi qui suis Guillot, berger de ce troupeau. »
    Sa personne étant ainsi faite,
Et ses pieds de devant posés sur sa houlette,
Guillot le sycophante approche doucement.

Guillot, le vrai Guillot, étendu sur l'herbette,

    Dormait alors profondément.

Son chien dormait aussi, comme aussi sa musette.

La plupart des brebis dormaient pareillement.

    L'hypocrite les laissa faire;

Et, pour pouvoir mener vers son fort les brebis,

Il voulut ajouter la parole aux habits,

    Chose qu'il croyait nécessaire.

    Mais cela gâta son affaire;

Il ne put du pasteur contrefaire la voix;

Le ton dont il parla fit retentir les bois,

    Et découvrit tout le mystère.

    Chacun se réveille à ce son,

    Les brebis, le chien, le garçon.

    Le pauvre Loup, dans cet esclandre,

    Empêché par son hoqueton,

    Ne put ni fuir ni se défendre.

Toujours par quelque endroit fourbes se laissent prendre,

    Quiconque est loup agisse en loup;

    C'est le plus certain de beaucoup.

LE LION ABATU PAR L'HOMME. LIV. P. XXI.

XX

LE LION ABATTU PAR L'HOMME

On exposait une peinture
Où l'artisan avait tracé
Un lion d'immense stature
Par un seul homme terrassé.
Les regardants en tiraient gloire.
Un Lion en passant rabattit leur caquet.
    « Je vois bien, dit-il, qu'en effet
    On vous donne ici la victoire;
    Mais l'ouvrier vous a déçus;
    Il avait liberté de feindre.
Avec plus de raison nous aurions le dessus,
    Si mes confrères savaient peindre. »

LE LION DEVENU VIEUX Fab.XXI

XXI

LE LION DEVENU VIEUX

Le Lion, terreur des forêts,
Chargé d'ans et pleurant son antique prouesse,
Fut enfin attaqué par ses propres sujets,
        Devenus forts par sa faiblesse.
Le cheval s'approchant lui donne un coup de pied;
Le loup, un coup de dent; le bœuf, un coup de corne.
Le malheureux Lion, languissant, triste et morne,
Peut à peine rugir, par l'âge estropié.
Il attend son destin sans faire aucunes plaintes,
Quand, voyant l'âne même à son antre accourir :
« Ah! c'en est trop, dit-il, je voulais bien mourir,
Mais c'est mourir deux fois que souffrir tes atteintes. »

LE LIEVRE ET LES GRENOUILLES. Fable XXII.

XXII

LE LIÈVRE ET LES GRENOUILLES

Un Lièvre en son gîte songeait,
(Car que faire en un gîte, à moins que l'on ne songe?)
Dans un profond ennui ce Lièvre se plongeait :
Cet animal est triste, et la crainte le ronge.
« Les gens de naturel peureux
Sont, disait-il, bien malheureux!
Ils ne sauraient manger morceau qui leur profite :
Jamais un plaisir pur; toujours assauts divers.
Voilà comme je vis : cette crainte maudite
M'empêche de dormir sinon les yeux ouverts.
— Corrigez-vous, dira quelque sage cervelle.
— Eh! la peur se corrige-t-elle?
Je crois même qu'en bonne foi

Les hommes ont peur comme moi. »

Ainsi raisonnait notre Lièvre,

Et cependant faisait le guet.

Il était douteux, inquiet :

Un souffle, une ombre, un rien, tout lui donnait la fièvre

Le mélancolique animal,

En rêvant à cette matière,

Entend un léger bruit : ce lui fut un signal

Pour s'enfuir devers sa tanière.

Il s'en alla passer sur le bord d'un étang.

Grenouilles aussitôt de sauter dans les ondes ;

Grenouilles de rentrer en leurs grottes profondes.

« Oh ! dit-il, j'en fais faire autant

Qu'on m'en fait faire ! Ma présence

Effraye aussi les gens ! je mets l'alarme au camp !

Et d'où me vient cette vaillance ?

Comment ! des animaux qui tremblent devant moi !

Je suis donc un foudre de guerre !

Il n'est, je le vois bien, si poltron sur la terre,

Qui ne puisse trouver un plus poltron que soi. »

L'ANE ET LE PETIT CHIEN. Fabl. XXII.

XXIII

L'ANE ET LE PETIT CHIEN

Ne forçons point notre talent,
Nous ne ferions rien avec grâce.
Jamais un lourdaud, quoi qu'il fasse,
Ne saurait passer pour galant.
Peu de gens, que le Ciel chérit et gratifie,
Ont le don d'agréer infus avec la vie.
C'est un point qu'il leur faut laisser,
Et ne pas ressembler à l'Ane de la fable,
Qui, pour se rendre plus aimable
Et plus cher à son maître, alla le caresser.
« Comment! disait-il en son âme,
Ce chien, parce qu'il est mignon,
Vivra de pair à compagnon

Avec monsieur, avec madame :

Et j'aurai des coups de bâton!

Que fait-il? il donne la patte,

Puis aussitôt il est baisé.

S'il en faut faire autant afin que l'on me flatte,

Cela n'est pas bien malaisé. »

Dans cette admirable pensée,

Voyant son maître en joie, il s'en vient lourdement,

Lève une corne tout usée,

La lui porte au menton fort amoureusement,

Non sans accompagner, pour plus grand ornement,

De son chant gracieux cette action hardie.

« Oh! oh! quelle caresse! et quelle mélodie!

Dit le maître aussitôt. Holà, Martin-bâton! »

Martin-bâton accourt : l'Ane change de ton.

Ainsi finit la Comédie.

LE RENARD ET LE BUSTE. L.L.XXIV.

LE RENARD ET LE BUSTE

Les grands, pour la plupart, sont masques de théâtre ;
Leur apparence impose au vulgaire idolâtre.
L'Ane n'en sait juger que par ce qu'il en voit ;
Le Renard, au contraire, à fond les examine,
Les tourne de tout sens ; et, quand il s'aperçoit
   Que leur fait n'est que bonne mine,
Il leur applique un mot qu'un Buste de héros
   Lui fit dire fort à propos.
C'était un Buste creux, et plus grand que nature.
Le Renard, en louant l'effort de la sculpture :
« Belle tête, dit-il, mais de cervelle, point. »

Combien de grands seigneurs sont bustes en ce point !

LE PETIT POISSON ET LE PECHEUR. F. L. L. XXV.

LE PETIT POISSON ET LE PÊCHEUR

Petit Poisson deviendra grand
Pourvu que Dieu lui prête vie ;
Mais le lâcher en attendant,
Je tiens, pour moi, que c'est folie :
Car de le rattraper il n'est pas trop certain.

Un Carpeau, qui n'était encore que fretin,
Fut pris par un Pêcheur au bord d'une rivière.
« Tout fait nombre, dit l'homme en voyant son butin ;
Voilà commencement de chère et de festin :
Mettons-le en notre gibecière. »
Le pauvre Carpillon lui dit en sa manière :

« Que ferez-vous de moi ? je ne saurais fournir

    Au plus qu'une demi-bouchée.

    Laissez–moi carpe devenir :

    Je serai par vous repêchée;

Quelque gros partisan m'achètera bien cher,

    Au lieu qu'il vous en faut chercher

    Peut-être encor cent de ma taille

Pour faire un plat : quel plat! croyez-moi, rien qui vaille

— Rien qui vaille ! eh bien, soit, repartit le Pêcheur,

Poisson mon bel ami, qui faites le prêcheur,

Vous irez dans la poêle, et vous avez beau dire,

    Dès ce soir on vous fera frire. »

Un *tiens* vaut, ce dit-on, mieux que deux *tu l'auras* :

    L'un est sûr, l'autre ne l'est pas.

LE LOUP ET LE CHIEN. Fable XXV.

XXVI

LE LOUP & LE CHIEN

Un Loup n'avait que les os et la peau,
    Tant les chiens faisaient bonne garde.
Ce Loup rencontre un Dogue aussi puissant que beau,
Gras, poli, qui s'était fourvoyé par mégarde.
    L'attaquer, le mettre en quartiers,
    Sire Loup l'eût fait volontiers;
    Mais il fallait livrer bataille,
    Et le mâtin était de taille
    A se défendre hardiment.
    Le Loup donc l'aborde humblement,
Entre en propos, et lui fait compliment
    Sur son embonpoint, qu'il admire.
    « Il ne tiendra qu'à vous, beau sire,

D'être aussi gras que moi, lui repartit le chien.

   Quittez les bois, vous ferez bien :

    Vos pareils y sont misérables,

    Cancres, hères, et pauvres diables,

Dont la condition est de mourir de faim.

Car, quoi ! rien d'assuré ! point de franche lippée !

   Tout à la pointe de l'épée !

Suivez-moi, vous aurez un bien meilleur destin. »

  Le Loup reprit : « Que me faudra-t-il faire ?

— Presque rien, dit le Chien : donner la chasse aux gens

    Portants bâtons, et mendiants ;

Flatter ceux du logis, à son maître complaire ;

   Moyennant quoi votre salaire

Sera force reliefs de toutes les façons,

    Os de poulets, os de pigeons,

   Sans parler de mainte caresse. »

Le Loup déjà se forge une félicité

   Qui le fait pleurer de tendresse.

Chemin faisant, il vit le cou du Chien pelé.

« Qu'est-ce là ? lui dit-il. — Rien. — Quoi ! rien ? — Peu de ch

— Mais encor ? — Le collier dont je suis attaché

De ce que vous voyez est peut-être la cause.

— Attaché! dit le Loup : vous ne courez donc pas

    Où vous voulez? — Pas toujours; mais qu'importe?

— Il importe si bien, que de tous vos repas

    Je ne veux en aucune sorte,

Et ne voudrais pas même à ce prix un trésor. »

Cela dit, maître Loup s'enfuit, et court encor.

LE LION ET LE MOUCHERON. Fable XXVII.

XXVII

LE LION ET LE MOUCHERON

« Va-t'en, chétif insecte, excrément de la terre ! »
    C'est en ces mots que le Lion
    Parlait un jour au Moucheron.
    L'autre lui déclara la guerre :
« Penses-tu, lui dit-il, que ton titre de roi
    Me fasse peur ni me soucie ?
    Un bœuf est plus puissant que toi ;
    Je le mène à ma fantaisie. »
    A peine il achevait ces mots,
    Que lui-même il sonna la charge,
    Fut le trompette et le héros.
    Dans l'abord il se met au large,

Puis prend son temps, fond sur le cou
Du Lion, qu'il rend presque fou.
Le quadrupède écume, et son œil étincelle ;
Il rugit. On se cache, on tremble à l'environ ;
Et cette alarme universelle
Est l'ouvrage d'un Moucheron.
Un avorton de mouche en cent lieux le harcelle ;
Tantôt pique l'échine, et tantôt le museau,
Tantôt entre au fond du naseau.
La rage alors se trouve à son faîte montée.
L'invisible ennemi triomphe, et rit de voir
Qu'il n'est griffe ni dent en la bête irritée
Qui de la mettre en sang ne fasse son devoir.
Le malheureux Lion se déchire lui-même,
Fait résonner sa queue à l'entour de ses flancs,
Bat l'air, qui n'en peut mais ; et sa fureur extrême
Le fatigue, l'abat : le voilà sur les dents.
L'insecte, du combat se retire avec gloire :
Comme il sonna la charge, il sonne la victoire,
Va partout l'annoncer, et rencontre en chemin

L'embuscade d'une araignée;
Il y rencontre aussi sa fin.

Quelle chose par là nous peut être enseignée?
J'en vois deux, dont l'une est qu'entre nos ennemis
Les plus à craindre sont souvent les plus petits;
L'autre, qu'aux grands périls tel a pu se soustraire,
      Qui périt pour la moindre affaire.

LE RENARD ET LE BOUC. Fable XXVII.

XXVIII

LE RENARD ET LE BOUC

Capitaine Renard allait de compagnie
Avec son ami Bouc, des plus haut encornés.
Celui-ci ne voyait pas plus loin que son nez ;
L'autre était passé maître en fait de tromperie.
La soif les obligea de descendre en un puits ;
   Là, chacun d'eux se désaltère.
Après qu'abondamment tous deux en eurent pris,
Le Renard dit au Bouc : « Que ferons-nous, compère ?
Ce n'est pas tout de boire, il faut sortir d'ici.
Lève tes pieds en haut, et tes cornes aussi ;
Mets-les contre le mur : le long de ton échine
   Je grimperai premièrement ;

Puis, sur tes cornes m'élevant,

A l'aide de cette machine,

De ce lieu-ci je sortirai;

Après quoi je t'en tirerai.

— Par ma barbe, dit l'autre, il est bon, et je loue

Les gens bien sensés comme toi.

Je n'aurais jamais, quant à moi,

Trouvé ce secret, je l'avoue. »

Le Renard sort du puits, laisse son compagnon,

Et vous lui fait un beau sermon

Pour l'exhorter à patience.

« Si le Ciel t'eût, dit-il, donné par excellence

Autant de jugement que de barbe au menton,

Tu n'aurais pas, à la légère,

Descendu dans ce puits. Or, adieu; j'en suis hors;

Tâche de t'en tirer, et fais tous tes efforts;

Car, pour moi, j'ai certaine affaire

Qui ne me permet pas d'arrêter en chemin. »

En toute chose il faut considérer la fin.

LE COR ET LE RENARD. *Fable XXIX.*

XXIX

LE COQ ET LE RENARD

Sur la branche d'un arbre était en sentinelle
    Un vieux Coq adroit et matois.
« Frère, dit un Renard, adoucissant sa voix,
    Nous ne sommes plus en querelle :
    Paix générale cette fois.
Je viens te l'annoncer; descends, que je t'embrasse,
    Ne me retarde point, de grâce;
Je dois faire aujourd'hui vingt postes sans manquer.
    Les tiens et toi pouvez vaquer,
    Sans nulle crainte, à vos affaires;
    Nous vous y servirons en frères.
    Faites-en les feux dès ce soir;
    Et cependant viens recevoir

Le baiser d'amour fraternelle.

— Ami, reprit le Coq, je ne pouvais jamais

Apprendre une plus douce et meilleure nouvelle

Que celle

De cette paix;

Et ce m'est une double joie

De la tenir de toi. Je vois deux lévriers,

Qui, je m'assure, sont courriers

Que pour ce sujet on envoie :

Ils vont vite, et seront dans un moment à nous.

Je descends : nous pourrons nous entre-baiser tous.

— Adieu, dit le Renard, ma traite est longue à faire :

Nous nous réjouirons du succès de l'affaire

Une autre fois. » Le galant aussitôt

Tire ses grègues, gagne au haut,

Mal content de son stratagème;

Et notre vieux Coq en soi-même

Se mit à rire de sa peur;

Car c'est double plaisir de tromper le trompeur.

LE CHAT ET UN VIEUX RAT. FAB. XXI.

XXX

LE CHAT ET UN VIEUX RAT

J'ai lu, chez un conteur de fables,
Qu'un second Rodilard, l'Alexandre des Chats,
L'Attila, le fléau des Rats,
Rendait ces derniers misérables.
J'ai lu, dis-je, en certain auteur,
Que ce Chat exterminateur,
Vrai Cerbère, était craint une lieue à la ronde :
Il voulait de souris dépeupler tout le monde.
Les planches qu'on suspend sur un léger appui,
La mort-aux-rats, les souricières,
N'étaient que jeux au prix de lui.
Comme il voit que dans leurs tanières
Les souris étaient prisonnières,

Qu'elles n'osaient sortir, qu'il avait beau chercher,
Le galant fait le mort, et du haut d'un plancher
Se pend la tête en bas; la bête scélérate
A de certains cordons se tenait par la patte.
Le peuple des souris croit que c'est châtiment,
Qu'il a fait un larcin de rôt ou de fromage,
Égratigné quelqu'un, causé quelque dommage;
Enfin, qu'on a pendu le mauvais garnement.
    Toutes, dis-je, unanimement,
Se promettent de rire à son enterrement,
Mettent le nez à l'air, montrent un peu la tête,
        Puis rentrent dans leurs nids à rats,
        Puis ressortant font quatre pas,
        Puis enfin se mettent en quête.
    Mais voici bien une autre fête :
Le pendu ressuscite, et, sur ses pieds tombant,
        Attrape les plus paresseuses.
« Nous en savons plus d'un, dit-il en les gobant;
C'est tour de vieille guerre, et vos cavernes creuses
Ne vous sauveront pas, je vous en avertis :

Vous viendrez toutes au logis. »

Il prophétisait vrai : Notre maître Mitis,

Pour la seconde fois les trompe et les affine,

    Blanchit sa robe et s'enfarine

    Et, de la sorte déguisé,

Se niche et se blottit dans une huche ouverte.

    Ce fut à lui bien avisé :

La gent trotte-menu s'en vient chercher sa perte.

Un Rat, sans plus, s'abstient d'aller flairer autour :

C'était un vieux routier, il savait plus d'un tour ;

Même il avait perdu sa queue à la bataille.

« Ce bloc enfariné ne me dit rien qui vaille,

S'écria-t-il de loin au général des chats ;

Je soupçonne dessous encor quelque machine :

    Rien ne te sert d'être farine,

Car, quand tu serais sac, je n'approcherais pas. »

C'était bien dit à lui ; j'approuve sa prudence :

    Il était expérimenté,

    Et savait que la méfiance

    Est mère de la sûreté.

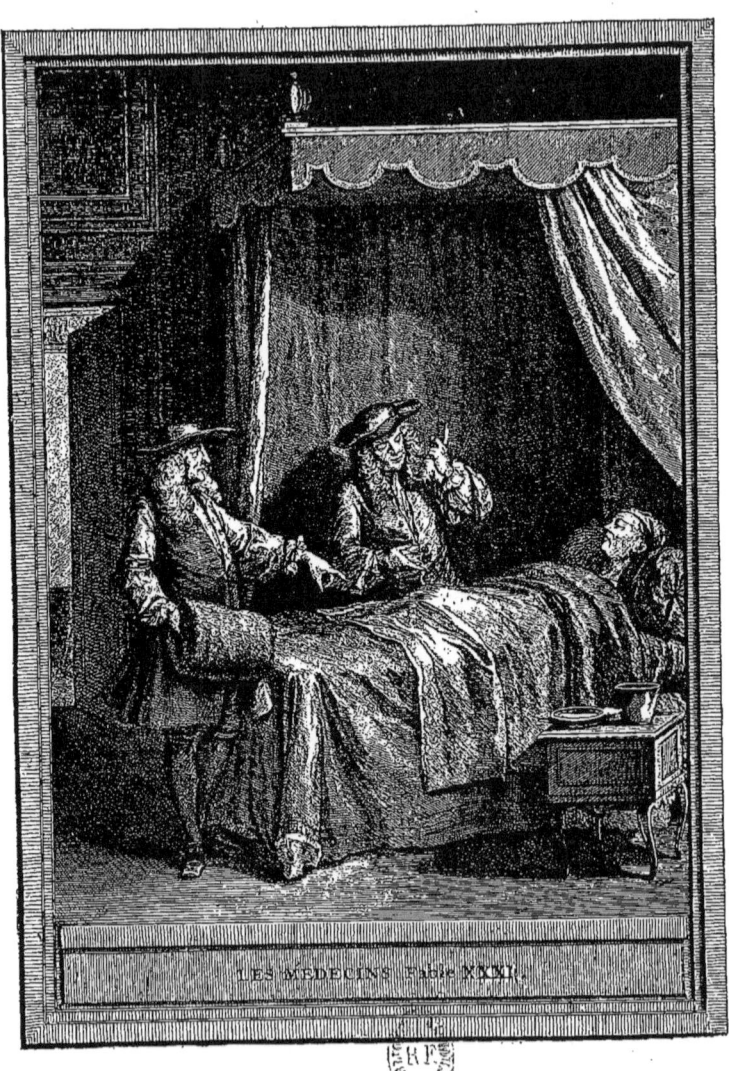

LES MÉDECINS Fable XXXII.

XXXI

LES MÉDECINS

Le médecin Tant-Pis allait voir un malade
Que visitait aussi son confrère Tant-Mieux.
Ce dernier espérait, quoique son camarade
Soutînt que le gisant irait voir ses aïeux.
Tous deux s'étant trouvés différents pour la cure,
Leur malade paya le tribut à Nature,
Après qu'en ses conseils Tant-Pis eut été cru.
Ils triomphaient encor sur cette maladie.
L'un disait : « Il est mort, je l'avais bien prévu !
— S'il m'eût cru, disait l'autre, il serait plein de vie. »

LES GRENOUILLES QUI DEMANDENT UN ROI. Fable XXXII.

XXXII

LES GRENOUILLES

QUI DEMANDENT UN ROI

Les Grenouilles, se lassant
De l'état démocratique,
Par leurs clameurs firent tant
Que Jupin les soumit au pouvoir monarchique.
Il leur tomba du ciel un Roi tout pacifique :
Ce roi fit toutefois un tel bruit en tombant,
  Que la gent marécageuse,
  Gent fort sotte et fort peureuse,
  S'alla cacher sous les eaux,
  Dans les joncs, dans les roseaux,
  Dans les trous du marécage,
Sans oser de longtemps regarder au visage

Celui qu'elles croyaient être un géant nouveau.

Or c'était un soliveau,

De qui la gravité fit peur à la première

Qui, de le voir s'aventurant,

Osa bien quitter sa tanière.

Elle approcha, mais en tremblant;

Une autre la suivit, une autre en fit autant;

Il en vint une fourmilière;

Et leur troupe à la fin se rendit familière

Jusqu'à sauter sur l'épaule du roi.

Le bon Sire le souffre, et se tient toujours coi.

Jupin en a bientôt la cervelle rompue :

« Donnez-nous, dit ce peuple, un Roi qui se remue! »

Le monarque des dieux leur envoie une Grue,

Qui les croque, qui les tue,

Qui les gobe à son plaisir;

Et Grenouilles de se plaindre,

Et Jupin de leur dire : « Eh quoi! votre désir

A ses lois croit-il nous astreindre?

Vous avez dû premièrement

Garder votre gouvernement;

Mais, ne l'ayant pas fait, il vous devait suffire
Que votre premier Roi fût débonnaire et doux :
      De celui-ci contentez-vous,
      De peur d'en rencontrer un pire. »

XXXIII

LE RAT ET L'ÉLÉPHANT

Se croire un personnage est fort commun en France :
    On y fait l'homme d'importance,
    Et l'on n'est souvent qu'un bourgeois.
    C'est proprement le mal françois :
La sotte vanité nous est particulière ;
Les Espagnols sont vains, mais d'une autre manière,
    Leur orgeuil me semble, en un mot,
    Beaucoup plus fou, mais pas si sot.
    Donnons quelque image du nôtre,
    Qui sans doute en vaut bien un autre.

Un Rat des plus petits voyait un Éléphant
Des plus gros, et raillait le marcher un peu lent

De la bête de haut parage,

Qui marchait à gros équipage.

Sur l'animal à triple étage

Une sultane de renom,

Son chien, son chat, et sa guenon,

Son perroquet, sa vieille, et toute sa maison,

S'en allait en pèlerinage.

Le Rat s'étonnait que les gens

Fussent touchés de voir cette pesante masse :

« Comme si d'occuper ou plus ou moins de place

Nous rendait, disait-il, plus ou moins importants!

Mais qu'admirez-vous tant en lui, vous autres hommes?

Serait-ce ce grand corps qui fait peur aux enfants?

Nous ne nous prisons pas, tout petits que nous sommes,

D'un grain moins que les éléphants. »

Il en aurait dit davantage ;

Mais le chat, sortant de sa cage,

Lui fit voir en moins d'un instant

Qu'un rat n'est pas un éléphant.

LA LAITIERE ET LE POT AU LAIT. Fable XXXIV.

XXXIV

LA LAITIÈRE ET LE POT AU LAIT

Perrette, sur la tête ayant un pot au lait
      Bien posé sur un coussinet,
Prétendait arriver sans encombre à la ville.
Légère et court vêtue, elle allait à grands pas,
Ayant mis ce jour-là, pour être plus agile,
      Cotillon simple et souliers plats.
      Notre laitière ainsi troussée
      Comptait déjà dans sa pensée
Tout le prix de son lait; en employait l'argent;
Achetait un cent d'œufs; faisait triple couvée :
La chose allait à bien par son soin diligent.
      « Il m'est, disait-elle, facile
D'élever des poulets autour de ma maison;

Le renard sera bien habile

S'il ne m'en laisse assez pour avoir un cochon.

Le porc à s'engraisser coûtera peu de son;

Il était, quand je l'eus, de grosseur raisonnable;

J'aurai, le revendant, de l'argent bel et bon.

Et qui m'empêchera de mettre en notre étable,

Vu le prix dont il est, une vache et son veau,

Que je verrai sauter au milieu du troupeau? »

Perrette là-dessus saute aussi, transportée :

Le lait tombe; adieu veau, vache, cochon, couvée.

La dame de ces biens, quittant d'un œil marri

Sa fortune ainsi répandue,

Va s'excuser à son mari,

En grand danger d'être battue.

Le récit en farce en fut fait;

On l'appela le Pot au lait.

Quel esprit ne bat la campagne?

Qui ne fait châteaux en Espagne,

Picrochole, Pyrrhus, la Laitière, enfin tous,

Autant les sages que les fous?

Chacun songe en veillant; il n'est rien de plus doux.
Une flatteuse erreur emporte alors nos âmes?
>   Tout le bien du monde est à nous,
>   Tous les honneurs, toutes les femmes.
Quand je suis seul, je fais au plus brave un défi;
Je m'écarte, je vais détrôner le sophi;
>   On m'élit roi, mon peuple m'aime;
Les diadèmes vont sur ma tête pleuvant :
Quelque accident fait-il que je rentre en moi-même,
>   Je suis Gros-Jean comme devant.

LE CERF SE VOYANT DANS L'EAU. LIB. VI. XXXV.

XXXV

LE CERF SE VOYANT DANS L'EAU

Dans le cristal d'une fontaine
Un Cerf se mirant autrefois
Louait la beauté de son bois,
Et ne pouvait qu'avecque peine
Souffrir ses jambes de fuseaux,
Dont il voyait l'objet se perdre dans les eaux.
« Quelle proportion de mes pieds à ma tête !
Disait-il en voyant leur ombre avec douleur :
Des taillis les plus hauts mon front atteint le faîte ;
Mes pieds ne me font point honneur. »
Tout en parlant de la sorte,
Un limier le fait partir.

Il tâche à se garantir ;
　　Dans les forêts il s'emporte.
Son bois, dommageable ornement,
L'arrêtant à chaque moment,
Nuit à l'office que lui rendent
Ses pieds, de qui ses jours dépendent.
Il se dédit alors, et maudit les présents
　　Que le Ciel lui fait tous les ans.

Nous faisons cas du beau, nous méprisons l'utile ;
　　Et le beau souvent nous détruit.
Ce Cerf blâme ses pieds qui le rendent agile ;
　　Il estime un bois qui lui nuit.

LE LIEVRE ET LA TORTUE. Fable XXXVI.

XXXVI

LE LIÈVRE ET LA TORTUE

Rien ne sert de courir; il faut partir à point :
Le Lièvre et la Tortue en sont un témoignage.
« Gageons, dit celle-ci, que vous n'atteindrez point
Sitôt que moi ce but. — Sitôt! êtes-vous sage ?
      Repartit l'animal léger :
      Ma commère, il faut vous purger
      Avec quatre grains d'ellébore.
      — Sage ou non, je parie encore. »
      Ainsi fut fait; et de tous deux
      On mit près du but les enjeux;
      Savoir quoi, ce n'est pas l'affaire,
      Ni de quel juge l'on convint.
Notre Lièvre n'avait que quatre pas à faire;
J'entends de ceux qu'il fait lorsque, près d'être atteint,

Il s'éloigne des chiens, les renvoie aux calendes,

      Et leur fait arpenter les landes.

Ayant, dis-je, du temps de reste pour brouter,

      Pour dormir, et pour écouter

    D'où vient le vent, il laisse la Tortue

      Aller son train de sénateur.

      Elle part, elle s'évertue ;

      Elle se hâte avec lenteur.

Lui cependant méprise une telle victoire,

      Tient la gageure à peu de gloire,

      Croit qu'il y va de son honneur

    De partir tard. Il broute, il se repose ;

      Il s'amuse à tout autre chose

Qu'à la gageure. A la fin, quand il vit

Que l'autre touchait presque au bout de la carrière,

Il partit comme un trait ; mais les élans qu'il fit

Furent vains ; la Tortue arriva la première.

« Hé bien ! lui cria-t-elle, avais-je pas raison ?

      De quoi vous sert votre vitesse ?

      Moi, l'emporter ! et que serait-ce

      Si vous portiez une maison ? »

L'ALOUETTE ET SES PETITS, AVEC LE MAITRE D'UN CHAMP. Fab. CXXXVII.

XXXVII

L'ALOUETTE ET SES PETITS

AVEC LE MAITRE D'UN CHAMP

Ne t'attends qu'à toi seul, c'est un commun proverbe.
　　　Voici comme Ésope le mit
　　　　　En crédit :

　　　Les Alouettes font leur nid
　　　Dans les blés, quand ils sont en herbe ;
　　　C'est-à-dire environ le temps
Que tout aime et que tout pullule dans le monde,
　　　Monstres marins au fond de l'onde,
Tigres dans les forêts, alouettes aux champs.
　　　Une pourtant de ces dernières
Avait laissé passer la moitié d'un printemps
Sans goûter le plaisir des amours printanières.

A toute force enfin elle se résolut

D'imiter la nature, et d'être mère encore.

Elle bâtit un nid, pond, couve, et fait éclore,

A la hâte : le tout alla du mieux qu'il put.

Les blés d'alentour mûrs avant que la nitée

      Se trouvât assez forte encor

      Pour voler et prendre l'essor,

De mille soins divers l'Alouette agitée

S'en va chercher pâture, avertit ses enfants

D'être toujours au guet et faire sentinelle.

      « Si le possesseur de ces champs

Vient avecque son fils, comme il viendra, dit-elle,

      Ecoutez bien; selon ce qu'il dira,

      Chacun de nous décampera. »

Sitôt que l'Alouette eut quitté sa famille,

Le possesseur du champ vient avecque son fils.

« Ces blés sont mûrs, dit-il : allez chez nos amis

Les prier que chacun, apportant sa faucille,

Nous vienne aider demain dès la pointe du jour. »

      Notre Alouette de retour

      Trouve en alarme sa couvée.

L'un commence : « Il a dit que, l'aurore levée,
L'on fît venir demain ses amis pour l'aider.
— S'il n'a dit que cela, repartit l'Alouette,
Rien ne nous presse encor de changer de retraite,
Mais c'est demain qu'il faut tout de bon écouter ;
Cependant soyez gais, voilà de quoi manger. »
Eux repus, tout s'endort, les petits et la mère.
L'aube du jour arrive, et d'amis point du tout.
L'Alouette à l'essor, le maître s'en vient faire
      Sa ronde ainsi qu'à l'ordinaire.
« Ces blés ne devraient pas, dit-il, être debout.
Nos amis ont grand tort, et tort qui se repose
Sur de tels paresseux, à servir ainsi lents.
      Mon fils, allez chez nos parents
      Les prier de la même chose. »
L'épouvante est au nid plus forte que jamais.
« Il a dit ses parents, mère ! c'est à cette heure...
      — Non, mes enfants ; dormez en paix :
      Ne bougeons de notre demeure. »
L'Alouette eut raison, car personne ne vint.
Pour la troisième fois, le maître se souvint

De visiter ses blés. « Notre erreur est extrême,
Dit-il, de nous attendre à d'autres gens que nous.
Il n'est meilleur ami ni parent que soi-même.
Retenez bien cela, mon fils. Et savez-vous
Ce qu'il faut faire ? Il faut qu'avec notre famille
Nous prenions, dès demain, chacun une faucille.
C'est là notre plus court, et nous achèverons

      Notre moisson quand nous pourrons. »
Dès lors que ce dessein fut su de l'Alouette :
« C'est ce coup qu'il est bon de partir, mes enfants !

      Et les petits, en même temps,
      Voletants, se culebutants,
      Délogèrent tous sans trompette.

ıı

LA TORTUE ET LES DEUX CANARDS. Fab. XXXVIII.

XXXVIII

LA TORTUE ET LES DEUX CANARDS

Une Tortue était, à la tête légère,
Qui, lasse de son trou, voulut voir le pays.
Volontiers on fait cas d'une terre étrangère,
Volontiers gens boiteux haïssent le logis.
      Deux Canards, à qui la commère
      Communiqua ce beau dessein,
Lui dirent qu'ils avaient de quoi la satisfaire.
      « Voyez-vous ce large chemin?
Nous vous voiturerons, par l'air, en Amérique.
      Vous verrez mainte république,
Maint royaume, maint peuple, et vous profiterez
Des différentes mœurs que vous remarquerez.

Ulysse en fit autant. » On ne s'attendait guère
      De voir Ulysse en cette affaire.
La Tortue écouta la proposition.
Marché fait, les oiseaux forgent une machine.
      Pour transporter la pèlerine.
Dans la gueule, en travers, on lui passe un bâton.
« Serrez bien, dirent-ils; gardez de lâcher prise. »
Puis chaque Canard prend ce bâton par un bout.
La Tortue enlevée, on s'étonne partout
      De voir aller en cette guise
      L'animal lent et sa maison,
Justement au milieu de l'un et l'autre oison.
« Miracle! criait-on; venez-voir dans les nues
      Passer la reine des tortues.
— La reine! vraiment oui : je la suis en effet;
Ne vous en moquez point. » Elle eût beaucoup mieux fait
De passer son chemin sans dire aucune chose;
Car, lâchant le bâton en desserrant les dents,
Elle tombe, elle crève aux pieds des regardants.
Son indiscrétion de sa perte fut cause.

Imprudence, babil, et sotte vanité,

 Et vaine curiosité,

 Ont ensemble étroit parentage ;

 Ce sont enfants tous d'un lignage.

L'HUITRE ET LES PLAIDEURS. Fable XXXIX.

XXXIX

L'HUITRE ET LES PLAIDEURS

Un jour deux pèlerins sur le sable rencontrent
Une Huître, que le flot y venait d'apporter :
Ils l'avalent des yeux, du doigt ils se la montrent;
A l'égard de la dent il fallut contester.
L'un se baissait déjà pour amasser la proie;
L'autre le pousse, et dit : « Il est bon de savoir
      Qui de nous en aura la joie.
Celui qui le premier a pu l'apercevoir
En sera le gobeur; l'autre le verra faire.
      — Si par là l'on juge l'affaire,
Reprit son compagnon, j'ai l'œil bon, Dieu merci!
      — Je ne l'ai pas mauvais aussi,

Dit l'autre; et je l'ai vue avant vous, sur ma vie!

— Hé bien; vous l'avez vue; et moi je l'ai sentie. »

Pendant tout ce bel incident,

Perrin Dandin arrive : ils le prennent pour juge.

Perrin, fort gravement, ouvre l'Huître, et la gruge,

Nos deux messieurs le regardant.

Ce repas fait, il dit d'un ton de président :

« Tenez, la cour vous donne à chacun une écaille,

Sans dépens; et qu'en paix chacun chez soi s'en aille. »

Mettez ce qu'il en coûte à plaider aujourd'hui;

Comptez ce qu'il en reste à beaucoup de familles;

Vous verrez que Perrin tire l'argent à lui,

Et ne laisse aux plaideurs que le sac et les quilles.

LE COCHE ET LA MOUCHE. FABLE XL

XL

LE COCHE ET LA MOUCHE

Dans un chemin montant, sablonneux, malaisé,
Et de tous les côtés au soleil exposé,
      Six forts chevaux tiraient un Coche.
Femmes, moine, veillards, tout était descendu :
L'attelage suait, soufflait, était rendu.
Une Mouche survient, et des chevaux s'approche ;
Prétend les animer par son bourdonnement ;
Pique l'un, pique l'autre, et pense à tout moment
      Qu'elle fait aller la machine ;
S'assied sur le timon, sur le nez du cocher.
      Aussitôt que le char chemine,
      Et qu'elle voit les gens marcher,
Elle s'en attribue uniquement la gloire ;

Va, vient, fait l'empressée; il semble que ce soit
Un sergent de bataille allant en chaque endroit
Faire avancer ses gens et hâter la victoire.

      La Mouche, en ce commun besoin,
Se plaint qu'elle agit seule et qu'elle a tout le soin;
Qu'aucun n'aide aux chevaux à se tirer d'affaire.

      Le moine disait son bréviaire :
Il prenait bien son temps! Une femme chantait :
C'était bien de chansons qu'alors il s'agissait!
Dame Mouche s'en va chanter à leurs oreilles,

      Et fait cent sottises pareilles.
Après bien du travail, le Coche arrive au haut.
« Respirons maintenant! dit la Mouche aussitôt;
J'ai tant fait que nos gens sont enfin dans la plaine.
Ça, messieurs les chevaux, payez-moi de ma peine. »

Ainsi certaines gens, faisant les empressés,
      S'introduisent dans les affaires :
      Ils font partout les nécessaires,
Et, partout importuns, devraient être chassés.

LE SINGE ET LE CHAT. Fable XLI.

XLI

LE SINGE ET LE CHAT

Bertrand avec Raton, l'un singe et l'autre chat,
Commensaux d'un logis, avaient un commun maître.
D'animaux malfaisants c'était un très bon plat :
Ils n'y craignaient tous deux aucun, quel qu'il pût être.
Trouvait-on quelque chose au logis de gâté,
L'on ne s'en prenait point aux gens du voisinage :
Bertrand dérobait tout; Raton, de son côté,
Était moins attentif aux souris qu'au fromage.
Un jour, au coin du feu, nos deux maîtres fripons
      Regardaient rôtir des marrons.
Les escroquer était une très bonne affaire ;
Nos galants y voyaient double profit à faire :

Leur bien premièrement, et puis le mal d'autrui.

Bertrand dit à Raton : « Frère, il faut aujourd'hui

Que tu fasses un coup de maître;

Tire-moi ces marrons. Si Dieu m'avait fait naître

Propre à tirer marrons du feu,

Certes marrons verraient beau jeu. »

Aussitôt fait que dit : Raton, avec sa patte,

D'une manière délicate,

Écarte un peu la cendre, et retire les doigts;

Puis les reporte à plusieurs fois;

Tire un marron, puis deux, et puis trois en escroque;

Et cependant Bertrand les croque.

Une servante vient : adieu mes gens. Raton

N'était pas content, ce dit-on.

Ainsi ne le sont pas la plupart de ces princes

Qui, flattés d'un pareil emploi,

Vont s'échauder en des provinces

Pour le profit de quelque roi.

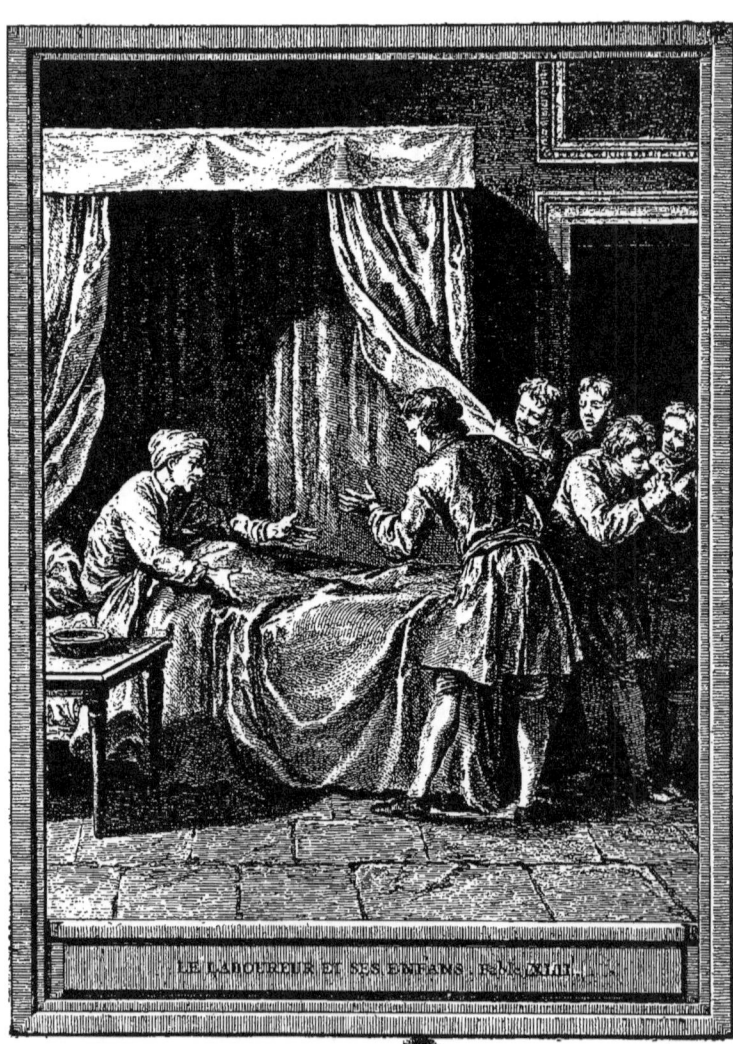

LE LABOUREUR ET SES ENFANS. B.N.s. LXIII.

XLII

LE LABOUREUR ET SES ENFANTS

Travaillez, prenez de la peine :
C'est le fonds qui manque le moins.

Un riche Laboureur, sentant sa mort prochaine,
Fit venir ses Enfants, leur parla sans témoins :
« Gardez-vous, leur dit-il, de vendre l'héritage
        Que nous ont laissé nos parents :
        Un trésor est caché dedans.
Je ne sais pas l'endroit ; mais un peu de courage
Vous le fera trouver : vous en viendrez à bout.
Remuez votre champ dès qu'on aura fait l'oût ;
Creusez, fouillez, bêchez ; ne laissez nulle place
        Où la main ne passe et repasse. »

Le père mort, les fils vous retournent le champ,
Deçà, delà, partout; si bien qu'au bout de l'an
  Il en rapporta davantage.
D'argent, point de caché. Mais le père fut sage
   De leur montrer, avant sa mort,
   Que le travail est un trésor.

XLIII

LE VILLAGEOIS ET LE SERPENT

Ésope conte qu'un manant,
Charitable autant que peu sage,
Un jour d'hiver se promenant
A l'entour de son héritage,
Aperçut un Serpent sur la neige étendu,
Transi, gelé, perclus, immobile, rendu,
N'ayant pas à vivre un quart d'heure.
Le Villageois le prend, l'emporte en sa demeure :
Et, sans considérer quel sera le loyer
D'une action de ce mérite,
Il l'étend le long du foyer,
Le réchauffe, le ressuscite.

L'animal engourdi sent à peine le chaud
Que l'âme lui revient avecque la colère.
Il lève un peu la tête, et puis siffle aussitôt;
Puis fait un long repli, puis tâche à faire un saut
Contre son bienfaiteur, son sauveur et son père.
« Ingrat, dit le manant, voilà donc mon salaire !
Tu mourras! » A ces mots, plein d'un juste courroux,
Il vous prend sa cognée, il vous tranche la bête;
   Il fait trois serpents de deux coups,
   Un tronçon, la queue et la tête.
L'insecte sautillant, cherche à se réunir;
   Mais il ne peut y parvenir.

   Il est bon d'être charitable :
   Mais envers qui? c'est là le point.
   Quant aux ingrats, il n'en est point
   Qui ne meure enfin misérable.

LE GLAND ET LA CITROUILLE. Fable IV.

XLIV

LE GLAND ET LA CITROUILLE

Dieu fait bien ce qu'il fait. Sans en chercher la preuve
En tout cet univers, et l'aller parcourant,
      Dans les citrouilles je la treuve.

      Un villageois, considérant
Combien ce fruit est gros et sa tige menue :
« A quoi songeait, dit-il, l'auteur de tout cela ?
Il a bien mal placé cette citrouille-là !
      Eh ! parbleu ! je l'aurais pendue
      A l'un des chênes que voilà ;
      C'eût été justement l'affaire :
      Tel fruit, tel arbre, pour bien faire.
C'est dommage, Garo, que tu n'es point entré
Au conseil de Celui que prêche ton curé ;

Tout en eût été mieux; car pourquoi, par exemple,
Le gland, qui n'est pas gros comme mon petit doigt,
            Ne pend-il pas en cet endroit?
            Dieu s'est mépris : plus je contemple
Ces fruits ainsi placés, plus il semble à Garo
            Que l'on a fait un quiproquo. »
Cette réflexion embarrassant notre homme :
« On ne dort point, dit-il, quand on a tant d'esprit. »
Sous un chêne aussitôt il va prendre son somme.
Un gland tombe : le nez du dormeur en pâtit.
Il s'éveille; et, portant sa main sur son visage,
Il trouve encor le gland pris au poil du menton.
Son nez meurtri le force à changer de langage.
« Oh! oh! dit-il, je saigne! et que serait-ce donc
S'il fût tombé de l'arbre une masse plus lourde,
            Et que ce gland eût été gourde?
Dieu ne l'a pas voulu : sans doute il eut raison;
            J'en vois bien à présent la cause. »
            En louant Dieu de toute chose,
            Garo retourne à la maison.

LE CHÊNE ET LE ROSEAU. Liv. I. XLII.

XLV

LE CHÊNE ET LE ROSEAU

Le Chêne un jour dit au Roseau :
« Vous avez bien sujet d'accuser la Nature.
Un roitelet pour vous est un pesant fardeau ;
  Le moindre vent qui d'aventure
  Fait rider la face de l'eau
  Vous oblige à baisser la tête ;
Cependant que mon front, au Caucase pareil,
Non content d'arrêter les rayons du soleil,
  Brave l'effort de la tempête.
Tout vous est aquilon, tout me semble zéphyr.
Encor si vous naissiez à l'abri du feuillage
  Dont je couvre le voisinage,

Vous n'auriez pas tant à souffrir :

Je vous défendrais de l'orage.

Mais vous naissez le plus souvent

Sur les humides bords des royaumes du vent.

La Nature envers vous me semble bien injuste.

— Votre compassion, lui répondit l'arbuste,

Part d'un bon naturel ; mais quittez ce souci :

Les vents me sont moins qu'à vous redoutables.

Je plie, et ne romps pas. Vous avez jusqu'ici

Contre leurs coups épouvantables

Résisté sans courber le dos ;

Mais attendons la fin. » Comme il disait ces mots,

Du bout de l'horizon accourt avec furie

Le plus terrible des enfants

Que le Nord eût portés jusque-là dans ses flancs.

L'arbre tient bon ; le Roseau plie.

Le vent redouble ses efforts,

Et fait si bien qu'il déracine

Celui de qui la tête au ciel était voisine,

Et dont les pieds touchaient à l'empire des morts.

LE SAVETIER ET LE FINANCIER. Fab. 2. XLVI.

XLVI

LE SAVETIER ET LE FINANCIER

Un Savetier chantait du matin jusqu'au soir :
      C'était merveilles de le voir,
Merveilles de l'ouïr ; il faisait des passages,
        Plus content qu'aucun des Sept Sages.
Son voisin, au contraire, étant tout cousu d'or,
      Chantait peu, dormait moins encor :
      C'était un homme de finance.
Si, sur le point du jour, parfois il sommeillait,
Le Savetier alors en chantant l'éveillait;
      Et le Financier se plaignait
      Que les soins de la Providence
N'eussent pas au marché fait vendre le dormir,
      Comme le manger et le boire.

En son hôtel il fait venir

Le chanteur, et lui dit : « Or ça, sire Grégoire,

Que gagnez-vous par an ? — Par an ! ma foi, monsi◦

Dit avec un ton de rieur

Le gaillard Savetier, ce n'est point ma manière

De compter de la sorte ; et je n'entasse guère

Un jour sur l'autre : il suffit qu'à la fin

J'attrape le bout de l'année ;

Chaque jour amène son pain.

— Eh bien ! que gagnez-vous, dites-moi, par journée◦

— Tantôt plus, tantôt moins : le mal est que toujour◦

(Et sans cela nos gains seraient assez honnêtes),

Le mal est que dans l'an s'entremêlent des jours

Qu'il faut chômer : on nous ruine en fêtes.

L'une fait tort à l'autre ; et monsieur le Curé

De quelque nouveau saint charge toujours son prône◦

Le Financier, riant de sa naïveté,

Lui dit : « Je veux vous mettre aujourd'hui sur le tr◦

Prenez ces cent écus ; gardez-les avec soin,

Pour vous en servir au besoin. »

Le Savetier crut voir tout l'argent que la terre

Avait, depuis plus de cent ans,

Produit pour l'usage des gens.

Il retourne chez lui : dans sa cave il enserre

L'argent, et sa joie à la fois.

Plus de chant : il perdit la voix

Du moment qu'il gagna ce qui cause nos peines.

Le sommeil quitta son logis :

Il eut pour hôtes les soucis,

Les soupçons, les alarmes vaines.

Tout le jour il avait l'œil au guet; et la nuit,

Si quelque chat faisait du bruit,

Le chat prenait l'argent. A la fin, le pauvre homme

S'en courut chez celui qu'il ne réveillait plus :

« Rendez-moi, lui dit-il, mes chansons et mon somme,

Et reprenez vos cents écus. »

XLVII

L'ŒIL DU MAITRE

Un Cerf, s'étant sauvé dans une étable à bœufs,
         Fut d'abord averti par eux
         Qu'il cherchât un meilleur asile.
« Mes frères, leur dit-il, ne me décelez pas :
Je vous enseignerai les pâtis les plus gras ;
Ce service vous peut quelque jour être utile,
         Et vous n'en aurez point regret. »
Les Bœufs, à toutes fins, promirent le secret.
Il se cache en un coin, respire, et prend courage.
Sur le soir, on apporte herbe fraîche et fourrage,
         Comme l'on faisait tous les jours.
L'on va, l'on vient, les valets font cent tours,

L'intendant même; et pas un d'aventure

N'aperçut ni cor, ni ramure,

Ni cerf enfin. L'habitant des forêts

Rend déjà grâce aux bœufs, attend dans cette étable

Que, chacun retournant au travail de Cérès,

Il trouve pour sortir un moment favorable.

L'un des Bœufs ruminant lui dit : « Cela va bien,

Mais quoi! l'homme aux cent yeux n'a pas fait sa revue

Je crains fort pour toi sa venue;

Jusque-là, pauvre Cerf, ne te vante de rien. »

Là dessus le maître entre et vient faire sa ronde.

« Qu'est ceci? dit-il à son monde;

Je trouve bien peu d'herbe en tous ces râteliers.

Cette litière est vieille; allez vite aux greniers.

Je veux voir désormais vos bêtes mieux soignées.

Que coûte-t-il d'ôter toutes ces araignées?

Ne saurait-on ranger ces jougs et ces colliers? »

En regardant à tout, il voit une autre tête

Que celles qu'il voyait d'ordinaire en ce lieu.

Le Cerf est reconnu : chacun prend un épieu,

Chacun donne un coup à la bête.

Ses larmes ne sauraient la sauver du trépas.

On l'emporte, on la sale, on en fait maint repas,

Dont maint voisin s'éjouit d'être.

Il n'est pour voir que l'œil du maître.

LE MEUNIER SON FILS ET L'ANE. A.M.D.M. L.Fab.III.XLVIII.

XLVIII

LE MEUNIER, SON FILS ET L'ANE

. . . .

J'ai lu dans quelque endroit qu'un Meunier et son Fils,
L'un vieillard, l'autre enfant (non pas des plus petits,
Mais garçon de quinze ans, si j'ai bonne mémoire),
Allaient vendre leur Ane, un certain jour de foire.
Afin qu'il fût plus frais et de meilleur débit,
On lui lia les pieds, on vous le suspendit;
Puis cet homme et son fils le portent comme un lustre.
Pauvres gens! idiots! couple ignorant et rustre!
Le premier qui les vit de rire s'éclata :
« Quelle farce, dit-il, vont jouer ces gens-là?
Le plus âne des trois n'est pas celui qu'on pense. »
Le Meunier, à ces mots, connaît son ignorance;

Il met sur pied sa bête, et la fait détaler.

L'Ane, qui goûtait fort l'autre façon d'aller,

Se plaint en son patois. Le Meunier n'en a cure ;

Il fait monter son fils, il suit, et d'aventure

Passent trois bons marchands. Cet objet leur déplut ;

Le plus vieux au garçon s'écria tant qu'il put :

« Oh là ! oh ! descendez, que l'on ne vous le dise,

Jeune homme, qui menez laquais à barbe grise !

C'était à vous de suivre, au vieillard de monter.

— Messieurs, dit le Meunier, il vous faut contenter. »

L'enfant met pied à terre, et puis le vieillard monte ;

Quand trois filles passant, l'une dit : « C'est grand'honte

Qu'il faille voir ainsi clocher ce jeune fils,

Tandis que ce nigaud, comme un évêque assis,

Fait le veau sur son âne, et pense être bien sage.

— Il n'est, dit le Meunier, plus de veaux à mon âge.

Passez votre chemin, la fille, et m'en croyez. »

Après maints quolibets coup sur coup renvoyés,

L'homme crut avoir tort, et mit son fils en croupe.

Au bout de trente pas, une troisième troupe

Trouve encore à gloser : « Ces gens sont fous ;

Le Baudet n'en peut plus; il mourra sous leurs coups.
Eh quoi! charger ainsi cette pauvre bourrique!
N'ont-ils point de pitié de leur vieux domestique?
Sans doute qu'à la foire il vont vendre sa peau.
— Parbleu! dit le Meunier, est bien fou du cerveau
Qui prétend contenter tout le monde et son père.
Essayons toutefois si par quelque manière
Nous en viendrons à bout. » Ils descendent tous deux;
L'Ane se prélassant marche seul devant eux;
Un quidam les rencontre, et dit : « Est-ce la mode
Que Baudet aille à l'aise, et Meunier s'incommode?
Qui, de l'Ane ou du maître, est fait pour se lasser?
Je conseille à ces gens de le faire enchâsser.
Ils usent leurs souliers et conservent leur Ane!
Nicolas au rebours, car, quand il va voir Jeanne,
Il monte sur sa bête; et la chanson le dit.
Beau trio de baudets! » Le Meunier repartit :
« Je suis âne, il est vrai, j'en conviens, je l'avoue;
Mais que dorénavant on me blâme, on me loue,
Qu'on dise quelque chose ou qu'on ne dise rien,
J'en veux faire à ma tête. » Il le fit, et fit bien.

L'OURS ET LES DEUX COMPAGNONS. Fable XIIX.

XLIX

L'OURS ET LES DEUX COMPAGNONS

Deux Compagnons, pressés d'argent,
A leur voisin fourreur vendirent
La peau d'un Ours encor vivant,
Mais qu'ils tueraient bientôt, du moins, à ce qu'ils dirent.
C'était le roi des ours, au compte de ces gens.
Le marchand à sa peau devait faire fortune ;
Elle garantirait des froids les plus cuisants ;
On en pourrait fourrer plutôt deux robes qu'une.
Dindenaut prisait moins ses moutons qu'eux leur ours :
Leur, à leur compte, et non à celui de la bête.
S'offrant de la livrer au plus tard dans deux jours,
Ils conviennent de prix, et se mettent en quête,

Trouvent l'Ours qui s'avance et vient vers eux au tro

Voilà mes gens frappés comme d'un coup de foudre.

Le marché ne tint pas; il fallut le résoudre :

D'intérêts contre l'Ours on n'en dit pas un mot.

L'un des deux Compagnons grimpe au faîte d'un arbre,

L'autre, plus froid que n'est un marbre,

Se couche sur le nez, fait le mort, tient son vent,

Ayant quelque part ouï dire

Que l'Ours s'acharne peu souvent

Sur un corps qui ne vit, ne meut, ni ne respire.

Seigneur Ours, comme un sot, donna dans ce panneau

Il voit ce corps gisant, le croit privé de vie;

Et, de peur de supercherie,

Le tourne, le retourne, approche son museau;

Flaire aux passages de l'haleine.

« C'est, dit-il, un cadavre; ôtons-nous, car il sent. »

A ces mots, l'Ours s'en va dans la forêt prochaine.

L'un de nos deux marchands de son arbre descend,

Court à son compagnon, lui dit que c'est merveille

Qu'il n'ait eu seulement que la peur pour tout mal.

« Eh bien! ajouta-t-il, la peau de l'animal?

Mais que t'a-t-il dit à l'oreille?
Car il s'approchait de bien près,
Te retournant avec sa serre?
— Il m'a dit qu'il ne faut jamais
Vendre la peau de l'Ours qu'on ne l'ait mis par terre. »

L'OURS ET L'AMATEUR DES JARDINS. Fable III.

L

L'OURS ET L'AMATEUR DES JARDINS

Certain Ours montagnard, ours à demi léché,
Confiné par le sort dans un bois solitaire,
Nouveau Bellérophon, vivait seul et caché.
Il fût devenu fou : la raison d'ordinaire
N'habite pas longtemps chez les gens séquestrés.
Il est bon de parler, et meilleur de se taire;
Mais tous deux sont mauvais alors qu'ils sont outrés.
      Nul animal n'avait affaire
      Dans les lieux que l'Ours habitait;
      Si bien que, tout ours qu'il était,
Il vint à s'ennuyer de cette triste vie.
Pendant qu'il se livrait à la mélancolie,

Non loin de là certain Vieillard

S'ennuyait aussi de sa part;

Il aimait les jardins, était prêtre de Flore,

Il l'était de Pomone encore.

Ces deux emplois sont beaux; mais je voudrais parmi

Quelque doux et discret ami.

Les jardins parlent peu, si ce n'est dans mon livre;

De façon que, lassé de vivre

Avec des gens muets, notre homme, un beau matin,

Va chercher compagnie, et se met en campagne.

L'Ours, porté d'un même dessein,

Venait de quitter sa montagne.

Tous deux, par un cas surprenant,

Se rencontrent en un tournant.

L'Homme eut peur : mais comment esquiver? et que faire?

Se tirer en Gascon d'une semblable affaire

Est le mieux : il sut donc dissimuler sa peur.

L'Ours, très mauvais complimenteur,

Lui dit : « Viens-t'en me voir. » L'autre reprit : « Seigneur,

Vous voyez mon logis; si vous me vouliez faire

Tant d'honneur que d'y prendre un champêtre repas,

J'ai des fruits, j'ai du lait : ce n'est peut-être pas
De nosseigneurs les Ours le manger ordinaire;
Mais j'offre ce que j'ai. » L'Ours accepte; et d'aller.
Les voilà bons amis avant que d'arriver;
Arrivés, les voilà se trouvant bien ensemble;
      Et bien qu'on soit, à ce qu'il semble,
      Beaucoup mieux seul qu'avec des sots,
Comme l'Ours en un jour ne disait pas deux mots,
L'Homme pouvait sans bruit vaquer à son ouvrage.
L'Ours allait à la chasse, apportait du gibier,
      Faisait son principal métier
D'être bon émoucheur, écartait du visage
De son ami dormant ce parasite ailé
      Que nous avons mouche appelé.
Un jour que le Vieillard dormait d'un profond somme,
Sur le bout de son nez une allant se placer
Mit l'Ours au désespoir; il eut beau la chasser.
« Je t'attraperai bien, dit-il; et voici comme. »
Aussitôt fait que dit : le fidèle émoucheur
Vous empoigne un pavé, le lance avec raideur,
Casse la tête à l'Homme en écrasant la mouche,

Et, non moins bon archer que mauvais raisonneur,
Raide mort étendu sur la place il le couche.
Rien n'est si dangereux qu'un ignorant ami;
Mieux vaudrait un sage ennemi.

LE CHARTIER ENDOURBÉ. Fable II.

LI

LE CHARTIER EMBOURBÉ

Le phaéton d'une voiture à foin
Vit son char embourbé. Le pauvre homme était loin
De tout humain secours : c'était à la campagne,
Près d'un certain canton de la Basse-Bretagne,
    Appelé Quimper-Corentin.
    On sait assez que le Destin
Adresse là les gens quand il veut qu'on enrage.
    Dieu nous préserve du voyage !
Pour venir au Chartier embourbé dans ces lieux,
Le voilà qui déteste et jure de son mieux,
    Pestant en sa fureur extrême,
Tantôt contre les trous, puis contre ses chevaux,
    Contre son char, contre lui-même.
Il invoque à la fin le dieu dont les travaux

Sont si célèbres dans le monde :
« Hercule, lui dit-il, aide-moi ; si ton dos
　　A porté la machine ronde,
　　Ton bras peut me tirer d'ici. »
Sa prière étant faite, il entend dans la nue
　　Une voix qui lui parle ainsi :
　　« Hercule veut qu'on se remue,
Puis il aide les gens. Regarde d'où provient
　　L'achoppement qui te retient ;
　　Ote d'autour de chaque roue
Ce malheureux mortier, cette maudite boue
　　Qui jusqu'à l'essieu les enduit ;
Prends ton pic, et me romps ce caillou qui te nuit ;
Comble-moi cette ornière. As-tu fait ? — Oui, dit l'homme
— Or bien je vas t'aider, dit la voix : prends ton foue
— Je l'ai pris... Qu'est ceci ? mon char marche à souhait
Hercule en soit loué ! » Lors la voix : « Tu vois comme
Tes chevaux aisément se sont tirés de là.
　　Aide-toi, le ciel t'aidera. »

LE VIEILLARD ET LES TROIS JEUNES HOMMES. F.B. L.II.

LII

LE VIEILLARD

ET LES TROIS JEUNES HOMMES

Un octogénaire plantait.
« Passe encor de bâtir; mais planter à cet âge! »
Disaient trois jouvenceaux, enfants du voisinage;
    Assurément il radotait.
    « Car, au nom des dieux, je vous prie,
Quel fruit de ce labeur pouvez-vous recueillir?
Autant qu'un patriarche il vous faudrait vieillir.
    A quoi bon charger votre vie
Des soins d'un avenir qui n'est pas fait pour vous?
Ne songez désormais qu'à vos erreurs passées :
Quittez le long espoir et les vastes pensées;
    Tout cela ne convient qu'à nous.

    — Il ne convient pas à vous-mêmes,
Repartit le Vieillard. Tout établissement
Vient tard, et dure peu. La main des Parques blêmes
De vos jours et des miens se joue également.
Nos termes sont pareils par leur courte durée.
Qui de nous des clartés de la voûte azurée
Doit jouir le dernier? Est-il aucun moment
Qui vous puisse assurer d'un second seulement?
Mes arrière-neveux me devront cet ombrage :
      Hé bien! défendez-vous au sage
De se donner des soins pour le plaisir d'autrui?
Cela même est un fruit que je goûte aujourd'hui;
J'en puis jouir demain, et quelque jour encore;
      Je puis enfin compter l'aurore
      Plus d'une fois sur vos tombeaux. »
Le Vieillard eut raison : l'un des trois jouvenceaux
Se noya dès le port, allant à l'Amérique;
L'autre, afin de monter aux grandes dignités,
Dans les emplois de Mars servant la république,
Par un coup imprévu vit ses jours emportés;

Le troisième tomba d'un arbre

Que lui-même il voulut enter;

Et, pleurés du vieillard, il grava sur leur marbre

Ce que je viens de raconter.

LIII

LA VIEILLE ET LES DEUX SERVANTES

Il était une Vieille ayant deux chambrières.
Elles filaient si bien que les sœurs filandières
Ne faisaient que brouiller au prix de celles-ci.
La Vieille n'avait point de plus pressant souci
Que de distribuer aux Servantes leur tâche.
Dès que Téthys chassait Phébus aux crins dorés,
Tourets entraient en jeu, fuseaux étaient tirés;
   De çà, de là, vous en aurez;
   Point de cesse, point de relâche.
Dès que l'Aurore, dis-je, en son char remontait,
Un misérable coq à point nommé chantait;
Aussitôt notre Vieille, encor plus misérable,
S'affublait d'un jupon crasseux et détestable,

Allumait une lampe, et courait droit au lit
Où, de tout leur pouvoir, de tout leur appétit,
   Dormaient les deux pauvres Servantes.
L'une entr'ouvrait un œil, l'autre étendait un bras;
   Et toutes deux, très mal contentes,
Disaient entre leurs dents : « Maudit coq, tu mourras! »
Comme elles l'avaient dit, la bête fut grippée :
Le réveille-matin eut la gorge coupée.
Ce meurtre n'amenda nullement leur marché :
Notre couple, au contraire, à peine était couché,
Que la Vieille, craignant de laisser passer l'heure,
Courait comme un lutin par toute sa demeure.
   C'est ainsi que, le plus souvent,
Quand on pense sortir d'une mauvaise affaire,
   On s'enfonce encor plus avant :
   Témoin ce couple et son salaire.
La Vieille, au lieu du coq, les fit tomber par là
   De Charybde en Scylla.

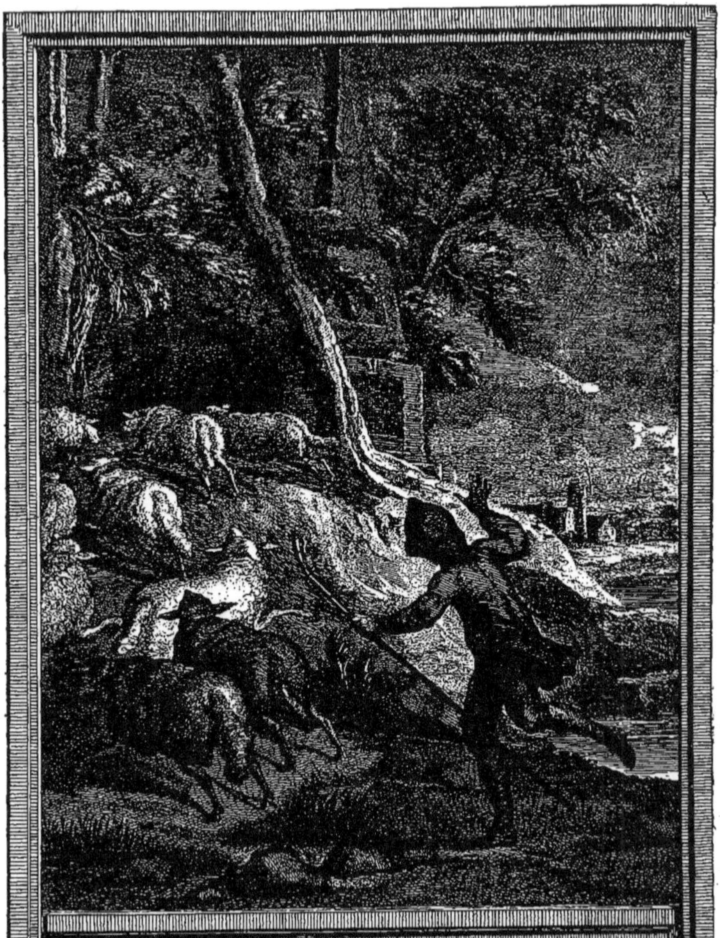

LE BERGER ET SON TROUPEAU. Fable LIV.

LIV

LE BERGER ET SON TROUPEAU

« Quoi! toujours il me manquera
Quelqu'un de ce peuple imbécile!
Toujours le loup m'en gobera!
J'aurai beau les compter! Ils étaient plus de mille,
Et m'ont laissé ravir notre pauvre Robin,
Robin-Mouton, qui par la ville
Me suivait pour un peu de pain,
Et qui m'aurait suivi jusques au bout du monde!
Hélas! de ma musette il entendait le son;
Il me sentait venir de cent pas à la ronde.
Ah! le pauvre Robin-Mouton! »
Quand Guillot eut fini cette oraison funèbre,
Et rendu de Robin la mémoire célèbre,

Il harangua tout le Troupeau,
Les chefs, la multitude, et jusqu'au moindre agneau,
Les conjurant de tenir ferme;
Cela seul suffirait pour écarter les loups.
Foi de peuple d'honneur, ils lui promirent tous
De ne bouger non plus qu'un terme.
« Nous voulons, dirent-ils, étouffer le glouton
Qui nous a pris Robin-Mouton. »
Chacun en répond sur sa tête.
Guillot les crut et leur fit fête.
Cependant, devant qu'il fût nuit,
Il arriva nouvel encombre :
Un loup parut; tout le Troupeau s'enfuit :
Ce n'était pas un loup, ce n'en était que l'ombre.

Haranguez de méchants soldats;
Ils promettront de faire rage;
Mais au moindre danger, adieu tout leur courage :
Votre exemple et vos cris ne les retiendront pas.

LES LOUPS ET LES BREBIS . Fable IV

LV

LES LOUPS ET LES BREBIS

Après mille ans et plus de guerre déclarée,
Les Loups firent la paix avecque les Brebis.
C'était apparemment le bien des deux partis :
Car si les Loups mangeaient mainte bête égarée,
Les bergers de leur peau se faisaient maints habits.
Jamais de liberté, ni pour les pâturages,
   Ni d'autre part pour les carnages;
Ils ne pouvaient jouir qu'en tremblant de leurs biens.
La paix se conclut donc : on donne des otages;
Les Loups, leurs louveteaux; et les Brebis, leurs chiens.
L'échange en étant fait en formes ordinaires,
   Et réglé par des commissaires,

Au bout de quelque temps que messieurs les louvats
Se virent Loups parfaits et friands de tuerie,
Ils vous prennent le temps que dans la bergerie
      Messieurs les bergers n'étaient pas,
Étranglent la moitié des agneaux les plus gras,
Les emportent aux dents, dans les bois se retirent.
Ils avaient averti leurs gens secrètement.
Les chiens, qui, sur leur foi, reposaient sûrement,
      Furent étranglés en dormant :
Cela fut sitôt fait, qu'à peine ils le sentirent.
Tout fut mis en morceaux ; un seul n'en échappa.

      Nous pouvons conclure de là,
Qu'il faut faire aux méchants guerre continuelle.
      La paix est fort bonne de soi,
      J'en conviens ; mais de quoi sert-elle
      Avec des ennemis sans foi ?

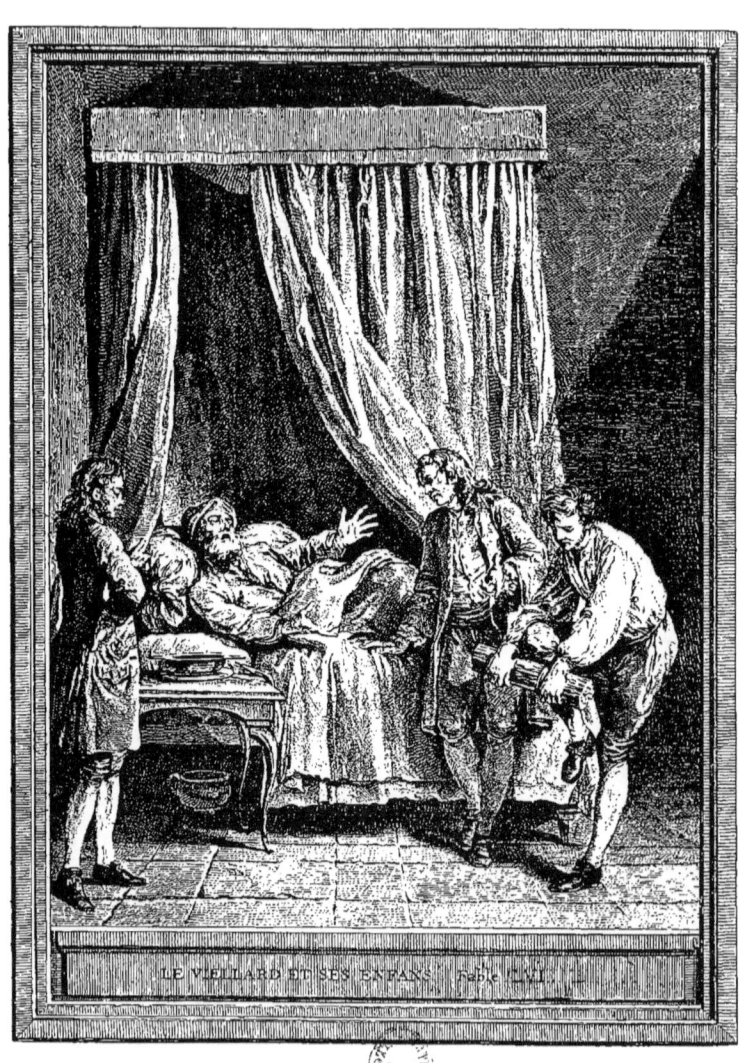

LE VIEILLARD ET SES ENFANS.

LVI

LE VIEILLARD ET SES ENFANTS

Toute puissance est faible, à moins que d'être unie ;
Ecoutez là-dessus l'esclave de Phrygie.
Si j'ajoute du mien à son invention
C'est pour peindre nos mœurs, et non point par envie ;
Je suis trop au dessous de cette ambition.
Phèdre enchérit souvent par un motif de gloire ;
Pour moi, de tels pensers me seraient mal séants.
Mais venons à la fable, ou plutôt à l'histoire
De celui qui tâcha d'unir tous ses enfants.

Un Vieillard près d'aller où la mort l'appelait :
« Mes chers enfants, dit-il (à ses fils il parlait),
Voyez si vous romprez ces dards liés ensemble ;
Je vous expliquerai le nœud qui les assemble. »

L'aîné les ayant pris et fait tous ses efforts,

Les rendit, en disant : « Je le donne aux plus forts. »

Un second lui succède et se met en posture ;

Mais en vain. Un cadet tente aussi l'aventure.

Tous perdirent leur temps ; le faisceau résista :

De ces dards joints ensemble un seul ne s'éclata.

« Faibles gens ! dit le père, il faut que je vous montre

Ce que ma force peut en semblable rencontre.

On crut qu'il se moquait ; on sourit, mais à tort :

Il sépare les dards, et les rompt sans effort.

« Vous voyez, reprit-il, l'effet de la concorde ;

Soyez joints, mes enfants ; que l'amour vous accorde. »

Tant que dura son mal, il n'eut autre discours.

Enfin se sentant près de terminer ses jours :

« Mes chers enfants, dit-il, je vais où sont nos pères ;

Adieu : promettez-moi de vivre comme frères ;

Que j'obtienne de vous cette grâce en mourant. »

Chacun de ses trois fils l'en assure en pleurant.

Il prend à tous les mains ; il meurt ; et les trois frères

Trouvent un bien fort grand, mais fort mêlé d'affaires.

Un créancier saisit, un voisin fait procès ;

D'abord notre trio s'en tire avec succès.

Leur amitié fut courte autant qu'elle était rare.

Le sang les avait joints; l'intérêt les sépare :

L'ambition, l'envie, avec les consultants,

Dans la succession entrent en même temps.

On en vient au partage, on conteste, on chicane :

Le juge sur cent points tour à tour les condamne.

Créanciers et voisins reviennent aussitôt,

Ceux-là sur une erreur, ceux-ci sur un défaut;

Les frères désunis sont tous d'avis contraire :

L'un veut s'accommoder, l'autre n'en veut rien faire.

Tous perdirent leur bien, et voulurent trop tard

Profiter de ces dards unis et pris à part.

LES ANIMAUX MALADES DE LA PESTE. Fab. 1.

LVII

LES ANIMAUX MALADES DE LA PESTE

Un mal qui répand la terreur,
Mal que le ciel en sa fureur
Inventa pour punir les crimes de la terre,
La Peste (puisqu'il faut l'appeler par son nom),
Capable d'enrichir en un jour l'Achéron,
  Faisait aux Animaux la guerre.
Ils ne mouraient pas tous, mais tous étaient frappés :
  On n'en voyait point d'occupés
A chercher le soutien d'une mourante vie ;
  Nul mets n'excitait leur envie ;
  Ni loups ni renards n'épiaient
  La douce et l'innocente proie.

Les tourterelles se fuyaient ;

Plus d'amour, partant plus de joie.

Le Lion tint conseil, et dit : « Mes chers amis,

Je crois que le ciel a permis

Pour nos péchés cette infortune.

Que le plus coupable de nous

Se sacrifie aux traits du céleste courroux ;

Peut-être il obtiendra la guérison commune.

L'histoire nous apprend qu'en de tels accidents

On fait de pareils dévoûments.

Ne nous flattons donc point ; voyons sans indulgence

L'état de notre conscience.

Pour moi, satisfaisant mes appétits gloutons,

J'ai dévoré force moutons.

Que m'avaient-ils fait ? nulle offense.

Même il m'est arrivé quelquefois de manger

Le berger.

Je me dévoûrai donc, s'il le faut ; mais je pense

Qu'il est bon que chacun s'accuse ainsi que moi ;

Car on doit souhaiter, selon toute justice,

Que le plus coupable périsse.

— Sire, dit le Renard, vous êtes trop bon roi;

Vos scrupules font voir trop de délicatesse.

Eh bien! manger moutons, canaille, sotte espèce,

Est-ce un péché? Non, non. Vous leur fîtes, seigneur,

En les croquant, beaucoup d'honneur;

Et quant au berger, l'on peut dire

Qu'il était digne de tous maux,

Etant de ces gens-là qui sur les animaux

Se font un chimérique empire. »

Ainsi dit le Renard, et flatteurs d'applaudir.

On n'osa trop approfondir

Du Tigre ni de l'Ours, ni des autres puissances,

Les moins pardonnables offenses;

Tous les gens querelleurs, jusqu'aux simples mâtins,

Au dire de chacun étaient de petits saints.

L'âne vint à son tour, et dit : « J'ai souvenance

Qu'en un pré de moines passant,

La faim, l'occasion, l'herbe tendre, et, je pense,

Quelque diable aussi me poussant,

Je tondis de ce pré la largeur de ma langue.

17

Je n'en avais nul droit, puisqu'il faut parler net. »

A ces mots, on cria haro sur le baudet.

Un Loup, quelque peu clerc, prouva par sa harangue

Qu'il fallait dévouer ce maudit animal,

Ce pelé, ce galeux, d'où venait tout le mal.

Sa peccadille fut jugée un cas pendable ;

Manger l'herbe d'autrui ! quel crime abominable !

      Rien, que la mort, n'était capable

D'expier son forfait. On le lui fit bien voir.

Selon que vous serez puissant ou misérable,

Les jugements de cour vous rendront blanc ou noir.

LE HERON. Fab. XXIII.

LVIII

LE HÉRON

Un jour, sur ses longs pieds, allait, je ne sais où,
Le Héron au long bec emmanché d'un long cou;
  Il côtoyait une rivière.
L'onde était transparente ainsi qu'aux plus beaux jours;
Ma commère la Carpe y faisait mille tours
  Avec le Brochet son compère.
Le Héron en eût fait aisément son profit :
Tous approchaient du bord; l'oiseau n'avait qu'à prendre;
  Mais il crut mieux faire d'attendre
  Qu'il eût un peu plus d'appétit :
Il vivait de régime, et mangeait à ses heures.
Après quelques moments l'appétit vint : l'oiseau,

S'approchant du bord, vit sur l'eau
Des tanches qui sortaient du fond de ces demeures.
Le mets ne lui plut pas; il s'attendait à mieux,
 Et montrait un goût dédaigneux
 Comme le rat du bon Horace.
« Moi, des tanches! dit-il; moi, Héron, que je fasse
Une si pauvre chère! et pour qui me prend-on? »
La tanche rebutée, il trouva du goujon.
« Du goujon! c'est bien là le dîner d'un héron!
J'ouvrirais pour si peu le bec! aux dieux ne plaise! »
Il l'ouvrit pour bien moins : tout alla de façon
 Qu'il ne vit plus aucun poisson.
La faim le prit : il fut tout heureux et tout aise
 De rencontrer un limaçon.

 Ne soyons pas si difficiles;
Les plus accommodants, ce sont les plus habiles?
On hasarde de perdre en voulant trop gagner.
 Gardez-vous de rien dédaigner.

LE JARDINIER ET SON SEIGNEUR. LIV. LIX.

LIX

LE JARDINIER ET SON SEIGNEUR

Un amateur du jardinage,
Demi-bourgeois, demi-manant,
Possédait en certain village
Un jardin assez propre, et le clos attenant.
Il avait de plant vif fermé cette étendue :
Là croissait à plaisir l'oseille et la laitue,
De quoi faire à Margot pour sa fête un bouquet,
Peu de jasmin d'Espagne, et force serpolet.
Cette félicité par un lièvre troublée
Fit qu'au Seigneur du bourg notre homme se plaignit.
« Ce maudit animal vient prendre sa goulée
Soir et matin, dit-il, et des pièges se rit;
Les pierres, les bâtons y perdent leur crédit.

Il est sorcier, je crois. — Sorcier! je l'en défie,
Repartit le Seigneur : fût-il diable, Miraut,
En dépit de ses tours, l'attrapera bientôt.
Je vous en déferai, bonhomme, sur ma vie.
— Et quand? — Et dès demain, sans tarder plus longtemps. »
La partie ainsi faite, il vient avec ses gens.
Cependant on fricasse, on se rue en cuisine.
« De quand sont vos jambons? ils ont fort bonne mine.
— Monsieur, ils sont à vous. — Vraiment, dit le Seigneur,
   Je les reçois, et de bon cœur. »
Il déjeune très bien; aussi fait sa famille,
Chiens, chevaux et valets, tous gens bien endentés :
Il commande chez l'hôte, y prend des libertés,
   Boit son vin, caresse sa fille.
L'embarras des chasseurs succède au déjeuné ;
   Chacun s'anime et se prépare :
Les trompes et les cors font un tel tintamarre
   Que le bonhomme est étonné.
Le pis fut que l'on mit en piteux équipage
Le pauvre potager : adieu planches, carreaux;
   Adieu chicorée et porreaux;

Adieu de quoi mettre au potage.
Le lièvre était gîté dessous un maître chou.
On le quête; on le lance : il s'enfuit par un trou,
Non pas trou, mais trouée, horrible et large plaie
    Que l'on fit à la pauvre haie
Par ordre du Seigneur; car il eût été mal
Qu'on n'eût pu du jardin sortir tout à cheval.
Le bonhomme disait : « Ce sont là jeux de prince. »
Mais on le laissait dire : et les chiens et les gens
Firent plus de dégât en une heure de temps
    Que n'en auraient fait en cent ans
    Tous les lièvres de la province.

Petits princes, videz vos débats entre vous;
De recourir aux rois vous seriez de grands fous.
Il ne les faut jamais engager dans vos guerres,
    Ni les faire entrer sur vos terres.

LA MORT ET LE MOURANT. Liv. VIII.

LX

LA MORT ET LE MOURANT

La Mort ne surprend point le sage :
Il est toujours prêt à partir,
S'étant su lui-même avertir
Du temps où l'on se doit résoudre à ce passage.
Ce temps, hélas! embrasse tous les temps :
Qu'on le partage en jours, en heures, en moments,
Il n'en est point qu'il ne comprenne
Dans le fatal tribut; tous sont de son domaine;
Et le premier instant où les enfants des rois
Ouvrent les yeux à la lumière
Est celui qui vient quelquefois
Fermer pour toujours leur paupière.

Défendez-vous par la grandeur;

Alléguez la beauté, la vertu, la jeunesse;

La Mort ravit tout sans pudeur;

Un jour le monde entier accroîtra sa richesse.

Il n'est rien de moins ignoré;

Et, puisqu'il faut que je le die,

Rien où l'on soit moins préparé.

Un mourant qui comptait plus de cent ans de vie

Se plaignait à la Mort que précipitamment

Elle le contraignait de partir tout à l'heure,

Sans qu'il eût fait son testament,

Sans l'avertir au moins : « Est-il juste qu'on meure

Au pied levé? dit-il : attendez quelque peu;

Ma femme ne veut pas que je parte sans elle;

Il me reste à pourvoir un arrière-neveu;

Souffrez qu'à mon logis j'ajoute encore une aile.

Que vous êtes pressante, ô déesse cruelle!

— Vieillard, lui dit la Mort, je ne t'ai point surpris;

Tu te plains sans raison de mon impatience.

Eh! n'as-tu pas cent ans? Trouve-moi dans Paris

Deux mortels aussi vieux; trouve-m'en dix en France.
Je devais, ce dis-tu, te donner quelque avis
      Qui te disposât à la chose :
   J'aurais trouvé ton testament tout fait,
Ton petit-fils pourvu, ton bâtiment parfait.
Ne te donna-t-on pas des avis, quand la cause
      Du marcher et du mouvement,
      Quand les esprits, le sentiment,
Quand tout faillit en toi? Plus de goût, plus d'ouïe;
Toute chose pour toi semble être évanouie;
Pour toi l'astre du jour prend des soins superflus,
Tu regrettes des biens qui ne te touchent plus.
     Je t'ai fait voir tes camarades,
     Ou morts, ou mourants, ou malades;
Qu'est-ce que tout cela, qu'un avertissement?
     Allons, vieillard, et sans réplique.
     Il n'importe à la république
     Que tu fasses ton testament. »
La Mort avait raison : je voudrais qu'à cet âge
On sortît de la vie ainsi que d'un banquet,

18

Remerciant son hôte, et qu'on fît son paquet.
Car de combien peut-on retarder le voyage?
Tu murmures, vieillard! vois ces jeunes mourir;
      Vois-les marcher, vois-les courir
A des morts, il est vrai, glorieuses et belles,
Mais sûres cependant, et quelquefois cruelles.
J'ai beau te le crier; mon zèle est indiscret :
Le plus semblable aux morts meurt le plus à regret.

TABLE DES FABLES

IMPRIMÉ

PAR

PROTAT FRÈRES

A

MACON